D1664341

SEVGİ
İÇİN
DOĞMAK

•

Leo F. BUSCAGLIA

•

Kesim Ajansı Aracılığı ile
Türkiyede Yayın hakkı.

©İNKILÂP KİTABEVİ
Yayın Sanayi ve Tic. A. Ş.
Ankara Cadd. No. 95 – İSTANBUL
Tlf: 514 06 10 – 11 – 12

Redaksiyon ve düzelti:
Faruk KIRKAN

Kapak Düzeni:
Sait MADEN

Bu kitabın her türlü
yayın hakları Fikir ve Sanat
Eserler Kanunu Gereğince
İnkılâp Kitabevi Yayın Sanayi ve
Ticaret. A. Ş. ye aittir.

ISBN975-10-0628-7
97-34-Y-0051 0338

97 98 99 9 8 7 6 5 4 3

TEKNOGRAFİK A.Ş.
Matbaacılar ve Ambalajcılar San. Sitesi
No: 38 Yüzyıl Mahallesi
Bağcılar - İSTANBUL

Leo F. Buscaglia, Ph. D.

SEVGİ İÇİN DOĞMAK

Çeviren
Mehmet HARMANCI

İNKILÂP KİTABEVİ
Yayın Sanayi ve Tic. A. Ş.
Ankara Cadd. No. 95 - İSTANBUL

LEO BUSCAGLIA'nın
Yayınevimizde yayınlanan diğer eserleri:

- Yaşamak, Sevmek ve Öğrenmek
- Birbirimizi Sevebilmek
- Sevgi
- Kişilik
- 9 Nolu Otobüsle Cennete
- Sevgili Babam

Bu sayfalarda yer almış alıntılar çeşitli
kaynaklara sahiptir. Gereken izin verilmiştir.
Yazarlarına içtenlikle minnettarım.

Ayrıca, editörüm; Debie Anderson,
Peter Slack, Barabara – Charles Slack,
Carol Spain ve Daniel Kimber'a
şükranlarımı ifade etmek isterim.
Steven SHORT'a minnettarlık, teşekkür
takdir ve sevgilerimle.

HEPİMİZ SEVGİ İÇİN DOĞMUŞUZDUR.
SEVGİ, VAR OLMANIN BİR AMACI VE SONUCUDUR.
Benjamin Disraeli

GİRİŞ

HER yeni güne haberleri dinleyerek başlarım. Parkta jogging yaparken yolu kesilip dövülen birini, bir kaçığın kurşunuyla yaralanan çocuğu, kıskançlığa kapılıp karısını boğan kocayı, başka bir belediye skandalını, yeni ırkçı cinayetleri, iyice ağırlaşmış adli düzenimizden yakınmaları ve şiddet patlamalarıyla sarsılan gereğinden fazla kalabalık cezaevlerimizi duyarım. Bütün bunlara karşın kahvaltımı eder, giyinir ve yepyeni bir kararlılıkla, iyimserlik zırhım içinde güvenli, bir seven olarak dünya ile yüzyüze gelirim. Kuşkucu insanlara bunun safça ve biraz da basit görünebileceğini biliyorum, ancak görebildiğim kadarıyla, bu alınabilecek tek aklı başında karardır.

Bazı insanlar sevginin bir seçenek olmasını kabulde güçlük çekeceklerdir. Bu, aşkın doğuştan varolduğu ve onu kabulden başka bir şey gerekmediği romantik aşk kuramına ters düşüyor gibi görünecektir. Bu kuram sevginin bizi her türlü acıdan kurtaran ve her sorunu çözen, kendi başına bir amaç olan büyülü bir güç olduğuna götürür. Bu inançların her birinde, belirli bir sınıra kadar bazı gerçekler olabilir; ancak sevebilme kapasitesi sevmek yeteneğine sahip olmakla aynı şey değildir.

Sevgi kesinlikle genetiktir, ama gerçek bir anlama kavuşabilmesi için bunun uyandırılması, incelenmesi, öğretilmesi ve uygulanması gerekmektedir.

Günümüzde, en keskin zekalılarımız ve en ileri teknolojimiz sevginin gücünü ve esrarını ve yöntemlerini açıklamakta başarısız kalmışlardır. Böylece, sevgi hakkındaki konuşmalar entelektüel ve duygusal yanıtlar ortaya çıkarmayı sürdürmektedirler. Bazıları bunu bir kendini kandırma hastalığı, sağduyuya bir hakaret ve kendine hakimiyete bir engel görerek önemsemezler. Ancak, aynı zamanda, diğerleri için sevgi insani değerlerin en büyüğü, doğrudan doğruya Tanrının bir lütfu, yaşamı canlandıran en güçlü insan enerjisi ve büyük bir olasılıkla da, yaşamın tek anlamıdır.

Son yirmi beş yılını sevginin incelenmesine adayan bir insan olarak benim zaman zaman onulmaz ve umutsuz bir romantik olmakla suçlandığımdan emin olabilirsiniz. Bunu inkar etmiyorum. Ama söyleyebildiğim kadarıyla, bu bir engel değil bir üstünlüktür. Ben kaba ve kolay kanıyor olabilirim, ama sevgi bana en heyecanlı, en doyurucu ve kusursuz yaşam yolunu göstermiştir. Ben hâlâ kalbimi izlemekteyim. Zaman zaman sıkıntılar yaşamışsam da, kalbin iyileştiğini ve insanın zedelenmiş bir kalple de yaşamaya devam edeceğini öğrenmişimdir.

Ama bir insanın seven biri olarak sadece kalp atışlarıyla yönlendirilebileceğine inanacak kadar da saf değilim. Bizim bir de aklımız vardır. Sevgi de ciddi bir incelemeden, analizden ve öğrenmeden yararlanabilir.

Aşık olmayı seçmek, sağduyudan uzaklaşmak, beynimizi geride bırakıp yola devam etmek değildir. Aşk ilişkileri duygusal dönmedolaplardan başka bir şey olmayan kişiler, zekalarının daha sarsıntısız bir biniş için bir denge etkisi yapacağını göreceklerdir.

"İlk görüşte aşk", "her şeye karşın mutlu" ve "koşulsuz sevmek" gibi şeylerden sanki bunlar lütuflarmış gibi, sanki insan olduğumuz için bunlar bizden beklenirmiş gibi söz etmek haksızlıktır. Sevmenin öğrenilmeyle kazanıldığı düşüncesine, sevgiyi canlı tutabilme yolunda gerekli ustaca becerileri elde etmek için büyük bir bilinçli çaba gerektiği fikrine direnmeye devam ederiz. Aksine, büyük bir çoğunluğumuz, sıkıntılarımıza olası bir yanıt olarak sevgiyi daha iyi anlamaya yönelene kadar umutsuzluk ve yalnızlık içinde beklemeyi yeğleriz. Böylece de sevgiyle alaya devam ederiz. Bunun sonucu ne olur? Daha fazla yalnızlık, daha çok aspirin, daha çok yüksek tansiyon, daha çok psikoterapist, baş ağrısı, ülser, ülser ilacı, kalp krizi, soğukluk, iktidarsızlık, uykusuzluk, kabızlık, aşırı yemek, yorgunluk, iç sıkıntısı, umutsuzluk, kuşku, uyuşturucu, sarhoşluk, yanlış, korku, intihar, nefret, önyargı, öldürme, cezaevi, boşanma, başarısızlık, üzüntü, kıskançlık, acı, şiddet, bilgisizlik, bağnazlık, aptallık, duygusuzluk, gözyaşı ve daha çok ölüm.

Ben bu kitabın bizi bu çelişkiden kurtaracağını umuyorum. Ciddi incelemeye yol açacak, duyguları harekete geçirecek ve sonunda değişim ve gelişmeyi özendirecek eylemlere götüreceğini umduğum bazı düşünceler burada verilmektedir. Bu düşünceleri basitçe ve (umarım) açıkça vermeye çalıştım ve vurgulamak için bazılarını yineledim.

Bu bir "Nasıl yapmalı" kitabı değildir. Daha çok bir "Ne dersiniz?" kitabıdır. Gerçek bir başlangıcı ve sonu olmadığından herhangi bir sayfasından okunmaya başlanabilir. Kendisinin rehberi olacak olan kişi, okurdur.

Burada sayısız düşünce varsa da, aslında bunlar bir tek kavramın parçalarıdır. Aşk karmaşık ve mistik bir soyutlama değildir. Günlük deneyimlerimizle olduğu kadar başarısızlık zamanlarımızda ve heyecanımızın doruk anlarında öğrendiğimiz elde edilebilir ve insani bir şeydir.

Bu kitap sevgi öğrencilerine yöneliktir: yaşamın sunduğu en iyi şeyi aramaya hevesli ve onu keşfedip geliştirmeden ve sevgi potansiyellerini özgürlüğe kavuşturmadan ölmemeye kararlı o erkek ve kadınlara.

Sevmek üzerinde düşünceler

SEVMEK ÇABA GEREKTİRİR

AŞK asla doğal bir ölümle ölmez. Aşk ihmalden ve terk edilmişlikten ölür. Körlükten ve umursamazlıktan ve olduğu gibi kabul edilmekten ölür. Yapılmayan şeyler çoğunlukla yapılan yanlışlardan daha öldürücüdür. Sonunda aşk beslenmekten değil, yorgunluktan ölür. Aşk ölünce, bunun nedeni eşlerden birinin ya da her ikisinin onu ihmal etmesidir, onu besleyip yenilemeyi başaramamalarıdır. Her yaşayan ve büyüyen şey gibi aşkı da sağlıklı tutmak için bir çaba gerekir.

♥

Yaşamın en büyük dramı insanların
yok olması değil, sevmekten vaz geçmelerdir.

W. SOMERSET MAUGHAM

SEVGİDE BAŞARISIZLIK

SEVGİNİN sözkonusu olduğu yerde başarısızlık yoktur. Başarılı olamamak başarısızlıkla aynı şey değildir. Düşkırıklığımız bize daha çok bir öğrenme ve geliştirme fırsatı tanır. Sevgiyle kumar oynamazsak aşkta asla başarısız olmayız. Ama daha da kötüsü, onun mucizesini de asla yaşayamayız. Lloyd Jones'un dediği gibi, bir şeyler yapmaya çalışan ve başarısızlığa uğrayanlar sonunda hiçbir şey yapmayıp başarılı olanlardan çok daha iyi durumdadırlar.

Başarılarımızdan çok başarısızlıklarımızdan daha akıllı çıktığımız görülmektedir. Bir başarısızlığı başarının karşıtı olarak görürsek de, aslında hiç de öyle değildir. Başarı çoğunlukla başarısızlığın hemen öteki yanında bulunmaktadır.

Aşkı aramayı sürdürdükçe bazı başarısızlıklar olacaktır. Ama bir incinme bir eyleme geçmek için güçlü bir itkidir. Başarısızlıklarımızın nedenlerini aradığımız takdirde, bu aramanın sonunda daha bilge olarak çıkarız. Eski davranışlarımız için yeni seçenekler kazanır, gelecekteki karşılaşmalar için yeni kaynaklar elde ederiz. Bu kesinlikle başarısızlık değildir. Bu daha çok, sürekli değişiklik yaratmanın yoludur. Bir görüş ve gelişme yoludur. Aşkın yoludur.

♥

Daha fazla denemekten vazgeçmenin
dışında başarısızlık yoktur.

ELBERT HUBBARD

BU DÜNYAYA SEVGİDEN HABERSİZ GELİRİZ - VE BAZILARIMIZ ONU ÖYLE TERK EDER

DÜNYAMIZ, içimizdeki en bilgililer için bile bir sırdır. Biz yaşam ve sevgi sorunlarımızın yanıtlarını çoğunlukla meslekten insanlara, politik liderlere ya da ünlü kişilerinden arar, ama onların dışardan hiç de görünmeyen kusurları olduğunu anlayıp düşkırıklığına uğrarız. Başkaları bizim anlayışımıza katkıda bulunabilirler, ama kişisel bilgiye erişmek insanın ancak kendisine kalmış bir iştir. Bunu kimse bizim için yapamaz.

Buna ek olarak bilginin genellikle bilgisizlik yolundan geldiğini söyleyebildiğimiz için, bilmediğimiz şeyler bizim için bir meydan okuma ve özendirme aracı olmalıdır.

Ben yaşamımın büyük bir bölümünde sevgiyi incelemişimdir ve hâlâ öğrenecek ne kadar çok şey olmasına şaşarım.

Pek çoğumuz sevgiyi bilmeyerek doğmuşuzdur ve öyle kalmaktan da mutluyuz. Yanlış yapmak ve bütün yanıtları bilmemek o kadar da büyük bir kusur değildir; yeter ki, bunu kabul etmeye hazır olalım ve kendimizi geliştirmek için çalışalım. Her şeyi bildiklerini sananların neyi bilmediklerini anlayacak bir yolları yoktur.

♥

Yeni bir ilgi alanı bulduğunuzda, yeni bir başarı elde ettiğinizde, yaşam gücünüzü artırırsınız.

WILLIAM LYON PHELPS

KATILIK VE SEVME

UZUN yıllar önce Tayland'da bir Budist öğretmenim bana duygusal açıdan ayakta kalabilmeyi basit bir örnekle göstermişti. "Bambu gibi ol," derdi. "Dışı güçlü, içi yumuşak ve açıktır. Kökleri toprağa sağlamca gömülmüştür ve ortak güçlülük ve destek için birbirleriyle içiçe geçmişlerdir. Sapı rüzgarda serbestçe sallanır, direnecek yerde eğilir. Eğilen bir şeyin kırılması çok daha güçtür."

Kimi zaman düşkırıklığı ve baskıya, ona karşı dimdik durmaya çalışmak yerine boyun eğerek daha iyi karşı koyabiliriz. Olaylar genellikle yalnızca iyi, ya da yalnızca kötü, yalnızca haklı ya da yalnızca haksız değillerdir. Yaşam bu kadar basit değildir. Aradığımız yanıtlar ve çözümler genellikle karşıt uçlar arasında bir yerdedir. Biz nesneleri yalnız ak ve kara olarak görmekte ısrar ettiğimiz sürece anlayıştan biraz daha uzaklaşırız, gerçekten biraz daha koparız. Esnek olmak inanç eksikliği belirtisi olmadığı gibi, boyun eğmek de pes etmek değildir. Çoğunlukla, biraz vermeye razı olmakla, hayal edebileceğimizden çok fazlasını alırız.

♥

Dünyada bu kadar görkemli renkler varken
her şeyi ak ve kara yapmak ne yazık.

DENNİS R. LİTTLE

SEVGİNİN YAŞLANMAZLIĞI

BİR gün bir arkadaşımla parkta geziniyordum. Yürürken pek çok genç aşıklar görmemize karşın arkadaşım sıralardan birinde çok samimi bir pozda olan yaşlıca bir çifti görene kadar hiçbir şey söylememişti. Onları görünce, "Ne kadar çirkin," dedi. "Bunlar bu iş için sence biraz yaşlı değiller mi?"

Aşkı sadece gençlere ilişkin bir şey görmemizi ilginç ve ben yaşlandıkça da, biraz ürkütücü bulmaktayım. Bu fikir tutkuların biz yaşlandıkça soğuyacağı yanlış inancına dayandırılmıştır. Canlılık ve çekicilik, sevgiye ve romantikliğe olan iştah gibi kaybolur diye düşünülür.

Bu saçmalıktır! Aşk soluk aldığımız sürece devam eder. Gerçekte, bir yaşamboyu bilgeliğin birikmesini yansıtarak seçeneklerimiz gelişmiş olabilir. Duygular daha derinleşmiş, zamanla daha da kadifemsi ve zengin olmuştur.

Yaşımız ne olursa olsun sevgi içinde yaşamak, sevgimizi canlı tutmayı öğrendiğimiz anlama gelir. Yaşlı aşk, eskimiş şarap gibi, daha tatmin edici, daha tazelik verici, daha değerli, daha çok takdir edilen ve daha çok sarhoş edicidir. Deneyimli aşıklar çok gençleri bu yetersiz aşk anlayışları için sadece gülümseyerek bağışlamalı ve kadehlerini kana kana boşaltmalıdırlar.

♥

Yaşlanmanın en esaslı yanı yaşadığınız bütün diğer yaşları kaybetmemektir.

MADELİNE L'ENGLE

BİR SANAT ESERİ OLARAK AŞK

ÇEŞİT çeşit sanatçı vardır. Bizim daha çok kutlamamız gereken grup, ifade edilemeyeni ifade etmek için araçlarını kullanan yaşamın sanatçılarıdır. Bunlar fırça kullanmadan yaşamı parlak renklerle resmederler. Ellerinde bıçak olmadan varlığın esrarının heykelini yaparlar. Notaları olmadan hepimize müzik yaratırlar. Koreografi olmadan yaşam dansıyla coşarlar. Doğduğumuzda her birimize bir güzellik yaşamı yaratacak araçlar verilmiştir. Bu araçlar çirkinliği ve yok edişi sürdürmek için de kullanılabilir. Ancak neyse ki, yaşamımızın bir noktasında güzelliği yansıtmaya karar verebileceğimizi öğreniriz. Elle tutulur sanat eserleri zamanla solar, duvarlardan dökülür ve modanın değişmesiyle değersizleşebilir. Ama bir sevgi yaşamı sonsuza kadar devam eder.

♥

Bir kalbin ne kadarla dolacağını hiç kimse,
hatta şairler bile ölçememişlerdir.

ZELDA FİTZGERALD

Aşkta üstün çıkmak yerine göz yummanın daha iyi olacağını görürüz

SEVGİ VE ÖZSAYGI

İNSANLAR büyümek ve farklılıklarını keşfetmek için uygun bir ortama gerek duyarlar. Eğer biri bize o kendimize özgü kıvılcımı görecek kadar yakından bakmış ve özel yeteneklerimizi geliştirmemiz için yardımcı olmuşsa gerçekten talihli sayılırız. Bir zamanlar Taft ailesinin çok başarılı üyelerinden biri hakkında bir hikaye okumuştum. Bunların aileleri içindeki insanların yetenek ve özelliklerini tanımakta çok usta olduğu anlaşılıyor. Martha Taft Cincinnati'de ilk okuldayken kendisini tanıştırması istenmişti. O da şöyle demişti: "Adım Martha Bowers Taft. Büyükbabamın babası Birleşik Devletler Başkanıydı. Büyükbabam bir Birleşik Devletler Senatörüydü. Babam İrlanda Büyükelçisidir. Ben de bir İzciyim."

Başkaları bizim ne kadar özel olduğumuzu görmeseler bile, olumlu bir destek için tükenmeyen bir kaynak, özel bayrağımızı hep gururla sallayacak tek insan olarak biz kendimiz varız.

♥

Ben sorunlarımdan daha önemliyim.

JOSE FERRER

AŞKIN SİZE GELMESİNİ BEKLEMEYİN

BİRİ bir zamanlar eğer siz göndermiş değilseniz aşk gemi-nizin dönmesini beklemenin bir yararı olmadığını yaz-mıştı. Aramızda aşkı beklemeye kararlı çok kişinin olduğu-nu biliyorum; 'prensim bir gün gelecektir' inancıdır bu. Bir-kaç talihli için bu doğru olabilir ama bazılarımız, sonsuza kadar, çoğunlukla kuşkucu ve kırgın insanlara dönüşene kadar bekleyeceğiz, sevmeye korkacağız ve belki de aşk ka-pımızı çaldığında onu tanıyamayacağız.

Sevgi Dersleri öğrettiğim günlerden birinde sınıfa bir köpek girdi. Köpek içeri korkusuzca girdi, oturan öğrenci-ler arasında dolaştı ve istediği tüm ilgiyi kendine çekebildi. Öğrenciler hayvanı okşarlarken sınıftaki genç hanımlardan biri de şöyle dedi: "İşte benim yaşamımın tipik bir örneği. Tüm akşam boyunca yalnızlık çekiyorum ve bir kişi bile ba-na anlayışla yaklaşmıyor bile. Oysa içeri bir sokak köpeği giriyor ve hemen sevgiye boğuluyor! Bu işte büyük bir yan-lışlık var."

Bir genç adam, "Belki de bu o kadar da çılgınca bir şey değil," diye kızı yanıtlandı. "Köpek içeri girdi ve hareketle-riyle bize sevgiye açık olduğunu söyledi. Mesajı basitti, açık-tı ve tehdit edici değildi. Oysa sen hiçbir şey açıklamadan düşünceli bir tavırla oturuyorsun orada. Biz insanın aklın-dan geçenleri okuyamayız. Kimi zaman konuşman, ya da en azından bir imâda bulunman gerekir."

♥

Duyulmasını istediğimiz bir sevgi mesajı iletmek istiyorsak,
bunun gönderilmesinden başka çare yoktur.
Bir lambanın yanmaya devam etmesini istiyorsak
ona sürekli gaz doldurmamız gerekir.

TERESA ANA

İNCİNME KORKUSU

BAŞARISIZLIKLA sonuçlanacağı, ya da bize acı vereceği korkusuyla bir ilişkiye başlayanlarımız kendimizi bir zaman sonra kâhin olarak görebiliriz. Başarısızlığı bir olasılık olarak davet etmekten daha büyük bir haberci olamaz. Diğer yandan, aşkımızın başarılı olacağına ve gelişeceğine, bir başkasıyla birleşmemizin bize daha çok mutluluk ve neşe getireceğine inanmak için her neden vardır.

Neden bizim de geleceğimiz parlaklık, iyilik, üretkenlik ve gelişmeyle dolu bir gelecek olmasın? Verdiğimiz her kararın, yaptığımız her hareketin bizi doğru yöne götüreceği umuduyla yaşamalıyız: aşkta başarı için gerekli yöne. Bize yeni şeyler öğrenme ve daha çok bilinçlenme fırsatları açtığı için yanlışlarımız bile iyimserlik nedeni olabilir.

Aşk kusursuzlukta ısrar etmez ve bunu biz de yapmamalıyız. Aşk kendimize, dünyamıza ve yaşama karşı olumlu bir görüşle gelişir. Dikkatimizi ilişkileri zenginleştirecek yapıcı hayaller üzerinde topladığımız takdirde geçmişimiz bizi çok daha az kısıtlar ve günümüz bizi daha çok özendirir. Deneyimler, olmasını istediğimiz şeylerin rüyalarını gördüğümüzü göstermiştir. Aşıklar sadece daha iyiyi umut etmeyi değil, onu yapmak için çaba göstermeyi de öğrenirler.

♥

İyimser bir insan ışık olmayan yerde ışık görebilir,
ama kötümser biri neden hep onu söndürmeye koşar?

MİCHEL DE SAİNT-PİERRE

24

AŞK GEREKLİ OLANI BİLİR

BAZI insanlar güzellikle birlikte aşkın da solacağından korkarlar. Bu insanların aşk konusundaki gerçek bilgileri çok az olduğu gibi kendilerine saygıları da yoktur; çünkü aslında bu tam tersi olur: güzellik ancak aşk yok olunca solar. Aşk bizi birbirimizin kusurlarını kabul etmemizi ve bunların yanında rahat olmamızı sağlar. Banyoda sarkmış çamaşırlarımızla, saçlarımız darmadağın bir halde gargara yaptığımızda aşk hiç dehşete kapılmaz. Yüzümüzde yeni kırışıklar belirmesine, ya da göbeğimizin epey irileşmesine, tenimizin eskisinden çok daha gevşek olmasına aldırmaz. Sevdiğimiz zaman bunlar gibi önemsiz şeylerin ardını görürüz. Zaman ya da yaşla etkilenmeyen iç güzellikte toplarız tüm dikkatimizi. Kör olan aşk değildir; aşkın gerekli olanı gördüğü daha doğrudur.

♥

Teni, biçimi ya da davranışı güzelleştirecek en güzel şey çevremize dert değil neşe dağıtma isteğidir.

RALPH WALDO EMERSON

25

AŞKA SÜRPRİZ KATMAK

EN ateşli aşıklar bile aşkla sakinleşme eğilimi gösterirler. Mutlu olarak, hiçbir huzursuzluk dalgalanması olmadan, ilişkimizi olduğu gibi kabulleniriz ve büyük bir sakinlik çöker üzerimize. Bu, aşk için kaygılı bir zaman olabilir. Gelişen bir sorunun belirtileri arasında herşeyi heyecansızca kabul etmek, sadece bilinen yollardan geçerek güvenlikte olmak isteği ve bir şeyin eksik olduğu hakkında tanımlanamayan bir duygu vardır. Bunun tedavisi, heyecan veren, şaşırtan ve yenileyen yollara biraz daha cesaretle adım atmak isteğidir.

Olacağı bilmek kadar öldürücü başka bir şey yoktur. Sıkıcı alışkanlıklar sinsice yaşamımıza sokulurlar: Pazar sabahları kiliseden sonra aynı lokantada yemek yemek; çarşambaları kaynanalarda yemek; cumaları sinema. Bu alışkanlıklar yaşamımıza iyice örüldüğünde kendimizi bağlanmış, yaşamın hep aynı küçük parçalarını tekrar tekrar yaşıyormuşuz gibi hissederiz. Bu gibi durumlarda gereken, beklenmedik bir şey, sürpriz bir yemek, bir armağan, bu öldürücü alışkanlık durumunu sarsacak biraz çılgınlıktır.

Aşk önceden bilinmeyle solar ve kurur, onun varlığı ancak sürpriz ve şaşkınlıkla gelişir. Aşkı sıradan şeylerin tutsağı yapmak, onun tutkusunu almak ve onu sonsuza kadar yitirmek demektir.

♥

Mucizeler aniden olan şeylerdir, istemekle çağrılmazlar, ama kendiliklerinden, genellikle de hiç olmayacak bir anda, ve kendilerini en az bekleyen kişilere gelirler.

KATHERİNE ANN PORTER

AŞK BİR BAŞKA GÜNE ERTELENİNCE

AŞKI ifade fikri çok kimse tarafından okumaya niyet ettiğimiz bir kitap, yapmak istediğimiz bir telefon konuşması ya da yazmak istediğimiz bir mektup gibidir. Kararımız gerçektir, niyetimiz iyidir ama bunu yapamamamızın da hep gayet geçerli nedenleri vardır. Belki zaman uygun değildir, içinde bulunduğumuz ruh durumu tam değildir, gezegenler uyum içinde değillerdir, kısacası her mazeret geçerlidir! Böylece günlerimiz çok ihtiyacımız olan aşk yerine kayıp fırsatlar ve ertelemelerle doludur.

Bazı şeyler ertelenmemelidir. Bize kendisini kucaklamamız, ya da övgüler yağdırmamız için koşan bir çocuğun buna o anda ihtiyacı vardır, bizim onu verebileceğimiz zamanda değil. Ağlamak için başını yaslayacak bir omza ihtiyacı olan bir dostumuz daha uygun bir zaman bekleyemez. Güven arayan bir sevgili de hangi nedenle olursa olsun geciktirilmemelidir. Aşk, bize ihtiyaç olunduğunda orada olacağımız konusunda güvence veren bir anlaşmadır. Sevmek için daha uygun bir zaman olabileceği duygusu pek çok kişide bir yaşamboyu sürecek olan pişmanlık yaratmıştır. Sevmenin gerekli olduğu ve bunları eksik bıraktığımız anların pişmanlığı olamaz.

♥

Bir başkasına hizmet fırsatını elinden kaçıranlar yaşamın sunacağı en doyurucu deneyimlerden birini kaçırmış olurlar.

PALİ METİNLERİ

Aşk içimizdeki "ben"i yok etmeden bir "biz" yaratır

KOŞULSUZ SEVGİ İÇİN
SAĞLIKLI BİR KOŞUL

HEP koşulsuz sevgiden söz edildiğini duyarız. Sevgililerimize kendilerini 'koşulsuz' olarak sevdiğimiz konusunda güvence vermek çok popüler olmuştur. Ancak kısa bir sürede koşulsuz sevmek durumunu karşılamakta güçlük çekeriz. Gerçekte, birini sevmenin mutlaka en az bir koşulu olmalıdır ve bu da onların bizden ayrı olarak, bir birey olarak gelişmeye devam etmeleridir. Bir an için bile birini gelişmekten alıkoyduğumuzu hissedersek, derhal ve dikkatle, sevgimizi incelememiz gerekir. Sevdiğimizin gelişme ihtiyacına saygı duyma bir yana, onu, onları yitirme pahasına bile olsa, özendirmeliyiz. Bu, çelişkili gibi görünse de, gerçektir. Ancak ayrı ayrı gelişmeye devam etmekle bireylerin birlikte gelişmeleri olasıdır.

Aşkı sürdürmek için iki insanın bir tek bütün halinde kaynaşmalarını söylemek bir yanılgıdır. Bir şömineyi birlikte yakmak hoş bir tablodur, ancak her iki eş de onun odununu tazelemedikçe ateş söner. Bunu yaptığımız zaman daha canlı yanan ve her ikimize de daha çok ısı veren bir ateşe kavuşuruz.

♥

Nesneler değişmez, biz değişiriz.

HENRY DAVID THOREAU

30

BİR TATMİN OLARAK AŞK

YAŞAMDA sevmekten ve sevilmekten daha doyurucu bir şey olamazsa da, insanların istek listelerinde bunlara pek az rastlarız. Para, ün ve mal mülk genel olarak daha çok istenir. Bunlarda başarılı olursak sevginin de onlardan çıkacağı yanlış kanısına kapılmışızdır. Gerçekten bundan uzak bir şey olamaz. Ne yazık ki, isteklerimizle bizim için en iyi olan şeyler sık sık rastlaşmazlar. Bu dünyanın maddi ayartıcılarıyla geçici zevklerinin çekici oldukları inkâr edilemez, ancak daha somut mutluluk ve tatmin vaadlerini aramak daha akıllıca olacaktır.

Aşkla tatmin olduğumuz zaman gerçek bir güvenlik, huzur ve mutluluk duygusu hissederiz. O anın eğilimleriyle dalgalanan bir duygu değil. Sevgi ilişkisi bize, dış zevklerimizin en büyüğünden de daha uzun ömürlü olan bir iç zenginliği verir.

♥

İnsanlar servet isterler. Ama tatmine ihtiyaçları vardır.

BOB CONKLİN

SEVGİNİN DOĞAL AKIŞI

ANNEM ölüm döşeğindeyken ağladığım için beni paylamıştı. "Tutunduğun şey nedir?" diye sordu. O an çok üzgün ve çok şaşkın olduğum için sözlerinin bilgeliğini kavrayamadım. Daha sonraları, onun bana yaşama devam etmemi söylediğini anladım. Benim zamanımın çoğu henüz önümdeyken, onunkisi geçip bitmişti.

O günden sonra pek çok şeye boş verdim ve bu, çok önemli bir değişim yarattı. Kırk yıldır oturduğum bir evden yeni taşınmıştım. Evin her odası ve her dolabı neşe, acı, güzellik, hayal, insan ve serüven doluydu. Bu evi yabancılara terk edebileceğime asla inanamıyordum.

Ama annemin sorusunu hatırlayınca, evden çıktım ve kapıyı arkamdan kapattım. Bu kadar basitti işte. Benim öyle değer verdiğim anılar ve hayallerin dolaplarda asılı, ya da çekmece köşelerinde gizli olmadığını anlamıştım; bunlar hep benim içimdeydiler ve gittiğim her yere onları da taşıyordum.

Elimizde olana sarılmak insanca bir davranıştır, ancak böyle yaparak yaşamın doğal gelgitini yok etmiş oluruz.

Sevginin de doğal bir hareketi vardır. O da yaşamımızın bir noktasında sabit kalmadığı gibi, başlayıp bitmez de. Bu, sıcak anılarda sonsuza kadar yaşadığı halde, sürekli ve hep genişleyen, yeni deneyimlerde yeterli ifadesini bulan bir şeydir.

♥

Ben geleceğimle ilgilenirim, çünkü yaşamımın geri kalan
bölümünü orada geçireceğim.

CHARLES F. KETTERİNG

AŞK HESAP TUTMAZ

SEVGİYİ paylaşmak, kimin neyi ve daha çok yaptığının hesabını tutmak değildir. Kimi zaman aldığımızdan çoğunu veririz; ancak öyle anlar gelir ki, vereceğimizden çoğuna ihtiyacımız olur ve bunu alırız. Hesap tutmak rekabet sporlarına ait bir şeydir, ortak ve destekleyici bir ilişkiye değil. Gerçek sevgi, kimin daha kârlı çıkacağını düşünmeden bir insana vermeyi istemektir. Aşkın bir tür bedel gerektirdiği düşüncesi bir an önce geride bırakılması gereken bir olgunlaşmamışlıktır. En kötüsünde, sevginin, iki insanı kontrolu ele geçirmek için mutsuz rakiplere dönüştüren bir çarpıtılmasıdır.

Sevgililerin oynayacakları bütün oyunlar içinde bu en hassasıdır. Oyuncular hesap tutmayacak kadar olgun ve birbirlerine düşkün oldukları zaman bu yarışma sona erer. Aşk bir zafer daha kazanmıştır.

♥

Kişisel deneyimden geçmedikçe tam anlamları bilinemeyen pek çok gerçek vardır.

JOHN STUART MİLL

SEVGİYİ ARAMAK

GENÇLİK Pınarı dışında hiçbir şey sevgi kadar sürekli aranmamıştır. Bu araştırmaya çocukluğumuzda başlarız ve öldüğümüz güne kadar sürdürürüz. Ben sevgisiz yaşayamayacağımız inancındayım. Ancak sorun şudur: sevgi o kadar değişken, o kadar kaçıcıdır ve o kadar çok görünümü vardır ki, onu kovalayan bir insan çoğunlukla düşkırıklığına uğrar. Belki de aramaktan vazgeçmek ve onu yaşamaktır en doğrusu.

Sevgi kendisini bekleyenlerimize gelebilir, ama bunun aktif bir bekleme olması gerekir, yoksa sonsuza kadar bekleriz.

♥

Sevsen, sevilsen ve sevilebilir olsan.

BENJAMİN FRANKLİN

SEVGİNİN REKABETLE HİÇBİR İLGİSİ YOKTUR

ÇOĞUMUZUN daha yaşamın erken yıllarında rekabetçi bir ruha sahip olmak için özendirilmemiz çok yazıktır, çünkü bu genellikle, sevgi için gerekli işbirliği ruhunu aksatır. Dünya bir kazananlar ve kaybedenler arenası olur, burada karakter insanın ayakta kalabilme yeteneğine göre biçimlenir, kazanma tek başarı belirtisidir ve yine burada değerimizi ölçmek için sürekli başkalarıyla kıyaslanırız. Sevgi rekabetçi bir spor değildir. Sevgide kazanma ancak işbirliği ve ödün vermeyle olur. Bu hünerlerde ustalaştığımız zaman da herkes kazanır.

♥

Biz sadece kendimiz için yaşayamayız. Bizi hemcinslerimize bağlayan binlerce ip vardır; ve bunların üzerinde eylemlerimiz neden olarak gider ve sonuç olarak geri dönerler.

HERMAN MELVİLLE

Sevginin kollarında
rahatlayan bir insan
genellikle
düşkırıklığının ayakları
dibinde uyanır

"SENİ SEVİYORUM" DEMEKTEN
ASLA BIKMAYIN

NE kadar da basit bir cümle: "Seni seviyorum." Ancak bundan daha güçlü bir sözcük de bilemiyorum. Fransız şairi François Villon şöyle yazmıştı: "Seni seviyorum. Bunu söylemesi kolay, ancak anlamı kaderin çanı kadar müzikal ve dolgun olduğu için söylerken yüreğim duracak gibi oluyor."

Sevgimizi belirtmekten asla bıkmamalıyız, tıpkı onun bize söylendiğini duymaktan asla bıkmadığımız gibi. Bu sözcükleri cansız şeyler için de ne kadar kolaylıkla kullanırız. Yeni arabamızı, yeni paltomuzu, ya da makarnayı ve köfteyi sevmekte bir sıkıntı çekmeyiz. Ama başka insanlara, hatta en yakınlarımıza olan sevgimizi dile getirmekte gerçekten büyük sıkıntılara gireriz.

Sevgi Dersimde öğrencilerimin hepsine evlerine gidip babalarının gözlerinin içine bakarak, "Seni seviyorum, Baba," demelerini istedim. Bu ödev büyük bir kaygı kaynağı oldu. Babalardan gelen karşılık şaşırtıcıydı: tam bir şoka girmekten, "Çok memnun oldum ama senin neyin var?" ve "Biliyorum, bunu söylemen gerekmez"e kadar.

"Seni seviyorum" mesajı sözsüz iletilemez. Aksine, sevginin var olduğu her yer ve zamanda söylenmesi gerekir.

♥

Bu dünyada ekmekten çok sevgiye ve takdire açlık duyulur.

TERESA ANA

AŞIK KALABİLME SANATI

Kitaplıklarımızın rafları bize aşk oyununda nasıl kazanacağımızı anlatan ciltlerle doludur. En büyük sorun bunlardan çoğunun aşkı bir oyun gibi kabul etmeleri, ama kural tanımamamalarıdır. Buna bir de aşkta kural olduğunun farkında olmayan çok sayıda insanı ekleyebilirsiniz.

Aşık olmak kolaydır. Hatta o kadar kolaydır ki, bazıları bunu sürekli yaparlar. Onların aşk dediği tutku pek seyrek olarak guddesel aşamadan, ya da daha başka bir deyimle, belden yukarı çıkar. Bu aşk bir kere gerçekleşince gücü azalan ve bir daha bir aşk nesnesiyle harekete geçene kadar da öyle kalan şehevi bir ifadeden başka bir şey değildir.

Aşık olarak kalmaya devam etmek başka şeyler de gerektirir. Duyuları tatmin etmek bazıları için çok önemli görünürse de, bu aslında işin en kolay yanıdır. Ruh ve zihin de sürekli ilgi ve uyarılma bekler. Varlığımızın tümünü yüceltmek sorumluluğunu yükseltmedikçe aşk sağ kalmayı sürdüremez.

♥

Bir şey üzerinde yirmi yıl çalışıp yirmi yıllık değerli deneyim elde edebilirsiniz, ya da yirmi kere bir yıllık deneyiminiz olur.

GWEN JACKSON

AŞK VE KUSURSUZLUK

İNSAN kusursuzluğu bir hayaldir. Kusursuz ne insan vardır, ne de nesne. Sanatta bir başyapıtı ilginç kılan genellikle kusurudur. Yaşam elimizden gelenin en iyisini yapma çabasıdır. Başarının en üst düzeylerine erişmedikçe sevilmeyeceğimiz yanlış inancıdır sorun olan. Bu tür inançların yarattığı zorunlu davranışlar sadece enerjimizi tüketir ve bizi bir yere vardırmaz.

Bu fikir öylesine aşırıdır ki, bazı insanlar yemeği yaktıkları için intihar edeceklerini söylerler. Diğerleri komşu çevrede en bakımlı bahçeye sahip olmakta kararlı olduklarından bahçede çalışmak keyfini çılgın bir saplantıya döndürürler. Bu insanlar sanki yanlışlar ve küçük kusurlar, o kadar dikkatle geliştirdikleri görüntüler üzerinde sabit lekelermiş gibi davranırlar.

Kusurluluktan çok az insan ölür. Çoğuna bir deneme fırsatı daha verilir, kararlarını ve davranışlarını düzeltirler. Her zaman haklı, doğru olmamız gerekmez.

Kusursuz olma nevrotik ihtiyacını terk ettiğimiz zaman azizliğin baskılarından kurtuluruz ve yanlışlıklarımızdan mahvolacak yerde, onlardan ders alırız.

♥

Kendinde bir şeyi bağışlamamışsan, başkasını
nasıl bağışlayacaksın?

DOLORES HUERTA

SÜREKLİ SEVGİ

Sevgiyi canlı tutmak hakkında pek çok 'Nasıl Yapılır?' edebiyatı vardır; bu, iki sözcükle özetlenebilir: sürekli çaba. Geri itildiğimizde, ihmal edilip kırıldığımızda hasar gören bir bedende çarpmaya devam eden kalp gibi olmalıyız; ısrar etmeliyiz. Sevgide dirençli olmaya hazır değilsek, kısa süreli bir ilişki için hazır olmalıyız.

Görünüşte sevgisiz olan bir ilişki ya da ilişki kurmakta çözümlenemeyen bir sorun karşısında hemen hemen herkes pes etmekten suçlu tutulabilir. Durumu düzeltmek için gösterdiğimiz her çaba bizi daha başdöndürücü bir başarısızlığa iter ve bir kere daha denemek için nedenini olmasa bile, motivasyonu kaybedebiliriz.

Sevgisiz yaşayamayacağımıza göre kalkıp yeniden denemeliyiz. İnat, kararlılık, sabır ve hepsinden en önemlisi, daha fazla sevgiye direnebilen pek az engel olduğunu bilmek yararlıdır.

♥

*Önemli olan bir kere daha yere serilmiş olmanız değildir,
bir daha kalkıp kalkamayacağınızdır.*

VİNCENT LOMBARDİ

ŞİMDİ YAŞA, DAHA SONRA İNCELE

HERKES yaşamın ne olduğunu anlamaya çalışmakla uğraşır. Bunu sonunda anladıkları zaman da, iş işten geçmiş olur.

Eski bir söylentiye göre bir zamanlar yaşamın sırrını bildiğine inandığı bir büyük bilgeyi bulmak için Himalayaların tepesine tırmanmış bir adam varmış. Adam pek çok sıkıntı çektikten sonra dağda bir mağarada yaşayan bilgenin yanına varmış. Bilge uzun yıllardır orada yaşayan, paçavralar içinde yarı çıplak biriymiş. Yüzü ve başı bembeyaz sakal ve saçla kaplı, gözleri kıpkırmızı ve uykusuzluktan cam gibiymiş.

Yolcu bilgenin dizi dibine oturmuş. "Bana yaşamın sırrını söyle," diye yalvarmış.

"Yaşamın sırrı basittir," demiş bilge. "Yaşam bir çanak dolusu kirazdır."

Yolcu buna çok şaşırmış. "Bir çanak kiraz mı!"

Bilge bir süre düşündükten sonra sormuş. "Değil mi yani?"

Yaşam, biz çok değerli zamanımızı onun ne olduğunu öğrenmekle harcadığımız sırada olan şeydir.

♥

İnsan zihni paraşüt gibidir: yalnızca açık
olduğu zaman bir işlevi vardır.

ANONİM

Dinlemek bir
sevgi eylemidir

AYRI OLMAK BİR HAYALDİR

HER şey birbiriyle ilişkilidir. Her birimizi etkilemeden bir yaprağın bile düşmediği ya da bir çocuğun acı çekmediği söylenir. Giderek daha küçülen küçük bir dünyada yaşıyor olduğumuz gerçeğini artık kabul etmişizdir. Birbirimizden saklanacağımız yer kalmamıştır artık.

Hiçbir duvar, bizi bir diğerimizin yalnızlığından ya da umutsuzluğundan ayıracak kadar yüksek, ya da güçlü değildir. Başka insanlara ihtiyacımız olmadığına biz kendimizi kandırsak bile, onların bize ihtiyaçları vardır.

Sevgi her şeyin en etkili bağlantısıdır. Sevginin aydınlatma, iyileştirme, birleştirme, zenginleştirme ve düzeltme gücü vardır. Bizim için gereken tek şey ona açık olmaktır.

♥

Dalganın kendi başına var olmayacağı, mutlaka denizin kabarmasında bulunması gerektiği gibi, biz de yaşam deneyimini kendi başımıza elde edemeyip onu paylaşmalıyız.

ALBERT SCHWEİTZER

SAĞGÖRÜLÜ OLAN SEVGİYİ BİLİR

SEVGİ hakkındaki genel kabul gören görüşe göre, bu bir kalp işidir, bizi tanımlanamayan duyguların esiri yapan, elle tutulamayan bir şeydir. Diğer yandan, Lakota Kızılderilileri sevginin bize verilen ilk bilgelik olduğunu ve her şeyin bu bilgiden kaynaklandığına inanırlar.

Biz iki insanın birbirlerine ilk görüşte aşık olduklarını söylediğimizde, onlar adına bunun içinde sağduyu olduğunu da umarız. Onları bir araya getiren her neyse, bu ancak birbirleri hakkındaki bilgilerini sürekli artırmaya kararlıysalar, onları birlikte tutmaya devam edecektir. Aşk sürekli olmak için gelişmelidir. Ortak deneyimler, anlayış, sabır, karar ve sağduyuyla beslenmelidir. Çok karmaşık doğası nedeniyle aşk kendini sürekli yeniler. Aşkın değişken doğasını kabul etmek, kalbe olduğu kadar ruha da sadık olmaktır.

♥

Aşk, insan yaşamının en yüksek değerlerinin gerçeğin gücüne, bilgiye, güzelliğe, özgürlüğe, iyiliğe ve mutluluğa götüren itici gücüdür.

PİTİRİM SOROKEN

AŞKTA RİSK

EĞER temizlenmiş olarak çıkacaksanız sıcak suya girmekte bir sakınca yoktur diye bir söz vardır. Risk her zaman çabaya değer bir şeydir.

Dünyayı dolaşmak için iyi bir işi terkettiğim takdirde pişman olacağım ve kesinlikle de profesör olamayacağım söylenmişti. Ben yine de gittim. Döndüğümde daha iyi bir iş buldum ve verdiğim karara karşın profesörlüğe getirildim.

Üniversitede çok ihtiyaç duyulduğuna inandığım bir Sevgi Dersi verecek olursam beni aklımı kaçırmış olarak göreceklerini söylemişlerdi. Ben yine de Sevgi Derslerine başladım, gerçekten aklımı kaçırdığım söylendi, ama dersler benim tüm yaşamımda daha bir iyileşme sağladı.

Benim küçüklüğümde, kentin yoksul kesiminde yaşayan insanların hayallerinin gerçekleşmediği sürekli olarak söylenirdi. Üniversiteye gidemeyeceğim ve daha gerçekçi hedeflere yönelmem söylenirdi. Ama ben hayal kurmaya ve hedefleri belirlemeye devam ettim. Hem üniversiteye gittim, hem de doktora yaptım.

Bir tek hayalimden bile vazgeçmiş değilim.

Her şey uğrunda riske atılmaya değer. Sağlama oynamak oyunun anlamını kaçırmaktır. Kuşkusuz, risk ıstırap olasılığını da getirir, ancak hiçbir şeyi riske atmamış olmanın verdiği boşluğun getirdiği acı çok daha derindir. Aşkta başarılı olan kimse asla sağlama oynamamıştır.

♥

Olanaksızı yapmak da çok eğlencelidir.
WALT DİSNEY

SAĞLIKLI SEVGİ
FARKLILIKLARLA GELİŞİR

VERDİKLERİ sevgiyi tam ölçüsünde geri almak isteyenler ciddi düşkırıklığına uğrayacaklardır. Sevgi, eşit miktarlarda ölçülüp dağıtılmaz. Hepimiz değişik geçmişe, kaynağa ve bilgiye sahip insanlarla ilişkiye girdiğimizden bu ilişkilere değişik olasılıklar, güçlülük ve zayıflıklar getiririz. Bir eş daha içe kapanık, diğeri daha açık; biri güvensiz, diğeri daha dengeli olabilir. İki insanın tıpatıp birbirlerine uyması hem olası değildir, hem de istenen bir şey değildir. Dengesizlik gelişme için gerekli meydan okumayı ve itkiyi sağlar. Bu bakımdan ele alınınca farklılıkların, tam tersi beklenirse de, birleştirici bir güçleri vardır.

İnsanların umutsuzcasına, çılgıncasına sevmeleri ve yine de kendi kalp atışlarını izlemeleri aşkın şaşırtıcı esrarlarından biridir.

♥

Sevmekle geçen bir yaşam asla sıkıcı olmayacaktır.
L.F.B

SEVMEYİ BİR SANATA DÖNÜŞTÜRÜN

ÇOĞUMUZ sevgiyi bir koltuktan görürüz. Duygularımız için sabit ve rahat bir çevre yaratır, sonra da bu kendi koyduğumuz sınırlar içinde güvenle otururuz. Sevgiye gideceğimiz yerde onun bize gelmesini bekleriz. Aşkı bize vekaleten getirmesini romanlardan, filmlerden ve televizyondan bekler, pasif gözlemciler olmakla yetiniriz. Bizden bir şeyler isteyecek ve denetim altından çıkabilecek duygulardan korkarız.

Sevginin böyle bir ortamda gelişmeyeceği bilinir. Gerçek sevenler sadece sevginin konforunu aramazlar, onu bir sanata dönüştürmeye çalışırlar. Aşkın meydan okuyuşuna yetişebilmek için bunun duygularını sürekli olarak genişletmek, algılarını keskinleştirmek olduğunu bilir onlar.

Sevgi, sanatçı ifademizi bekleyen geniş bir tualdir. Eser gerçekte asla bitmez, hep bir ilerleme gösterir. Ancak bütün yaratıcı çabalarda olduğu gibi, biz çalıştıkça daha geniş bir görüş açısına, daha derin bir sezgiye, ve eleştiri ya da bitmiş eserle pek de ilgisi olmayan bir sanatla uğraşmanın verdiği sevince kavuşuruz.

♥

Sevmek, dua etmek gibi bir süreç olduğu kadar bir güçtür. Onarıcıdır. Yaratıcıdır.
ZONA GALE

İDDİACILIK VE SEVGİ

SON zamanlarda çıkan kendine-yardım edebiyatı bize iddiacı olma hakkımızın bulunduğunu sıkça göstermiştir. Bunlar bize, kendimiz gibi olmayı, hissettiklerimizi söylemeyi ve toplumsal sınırlar içinde kalma koşuluyla, istediğimizi yapmayı öğretmektedirler. Çekinmeden ve korkmadan düşüncelerimizi söylememiz için özendirilmekteyiz. Ancak bazı insanlar bunu çok dürüst olmak ve kendi işlerine geldiği sürece usandırıcı olma hakkı olarak yorumlamışlardır. Bu davranışın temeli şudur: utangaçlık insanı hiçbir yere götürmez.

Kendimizi kanıtlamamız için ille de saldırmamız gerekmez. Aslında etkin bir kendini kanıtlama, genellikle saygılı ve sevecendir. Karşısındakini boyun eğmeye zorlamadan istediğini elde eder.

Olumlu anlamda kendini kanıtlamak için hakkımız olduğuna inandıklarımıza direnmekle, başkalarının hakları olduğunu bildiklerimiz arasında bir denge aramalıyız. Ne istediğimizi, ne hissettiğimizi ve ne düşündüğümüzü bilmeli ve bunları açıkça, basitçe, hiçbir korku ve öfke duymadan söylemeliyiz.

♥

Bir insan parmağını başkasına uzatınca, üç parmağını da
kendisine uzattığını unutmamalıdır.
LOUIS NİZER

Çoğumuz anlamadığımzı
bir sevgi
oyununun piyonlarıyız

SEVGİNİN ÖNCELİKLERİ

BİRİNİ gerçekten ne kadar sevdiğimizin başarılı bir ölçüsü onun mutluluk ve refahının bizim öncelik listemizin neresinde olduğunu saptamaktır. Bu, mekanik ve keyfi görünürse de sevgimizi ölçmenin basit ve güvenilir bir göstergesidir.

Bilinçli ya da bilinçsiz, zamanımızı nasıl böleceğimiz ve sosyal seçimlerimizi nasıl yapacağımız hakkında hepimizin kişisel önceliklerimiz vardır. Örneğin, kendi ihtiyaç ve isteklerimizi sevdiğimiz insanların ihtiyaç ve istekleri önüne ne kadar sıklıkla geçiririz? Sevgilimizin belirli bir akşam bir yemeğe gitmek istemesi bizim beyzbol maçını kaçırmamızdan, bir konsere gitmekten, ya da arkadaşlarla bir gece geçirmekten daha önemli midir? Kendi zamanımızı daha değerli bulduğumuz için sevdiklerimizi bekletir miyiz? Onların mutlu olmalarını sağlamak için kendi arzu ve önceliklerimizi ertelemeye ne kadar istekliyiz?

Bu yaşamımızı sürekli olarak başkaları için değiştiriyor olmamız anlamına gelmez. Ama kendi davranış önceliklerimize dürüstçe bakarak sevgi ilişkilerimize ne kadar değer verdiğimizi görebileceğimizi ortaya koyar.

♥

Sevmek mutluluğumuzu bir başkasının mutluluğu içine yerleştirmek demektir.
GOTTFRİED WİLHELM VAN LUBREİTZ

SİZ KENDİNİZ YETERLİSİNİZ

SİZ kusursuzsunuz. Ne kadar isteseler de, kimse sizden daha iyi bir siz olamaz. Bu, daha kusursuz olmak potansiyeliniz yok demek değildir. Bu, sadece, sizin kimseyle rekabet halinde olmadığınız demektir. Kendiniz olabilmek için ihtiyacınız olan her şeye sahip olduğunuz gerçeğini kabul ederseniz, kendinizi yapay bir kimlikten kurtarmış olursunuz. Olmadığınız bir insan olmaya çalışmak, çok daha üretken faaliyetlere gidebilecek önemli miktarda enerjiyi sizden kopartır alır.

Türünüzün tek kişisi olduğunuza göre burada almanız gereken mesaj çok açıktır. Sizin sunacak bir şeyiniz vardır ve bu bir daha asla mümkün olmayacaktır. Bunu değersizleştirmek yalnız sizin için değil, tüm dünya için bir trajedidir.

♥

Ben sadece bir tekim, ama yine de tekim. Her şeyi yapamam, ama yine de bir şey yapabilirim. Yapabileceğim şeyi yapmayı reddetmeyeceğim.
HELEN KELLER

53

SEVGİ BİZİM İÇİN BİR AYNADAN FAZLA BİR ŞEYDİR

AŞKTAN bencilliği çıkarırsanız ortalıkta pek az seven kalır. Narcissus gibi bizim kendimizin aynası olan sevgililer aradığımız söylenir. Onların bizi övmelerini, inançlarımızı desteklemelerini, yaptıklarımızdan gurur duymalarını isteriz. Biz aşkın her yönünü kendimizle ilişkisi olduğu kadarıyla görürüz. Bu kendini beğenmişlikten gurur duyarız ve bu davranış ve algılamalara uymayan her şeyi hemen reddederiz. Biri bizim düşüncelerimize karşı çıksa, ya da dünyayı bize başka bir görüş açısından gösterse onun bizi sevemeyeceğinden emin oluruz. Biri bizi eleştirecek olsa, bunu sevmeyen birinin davranışı olarak nitelemekte hiç duraksamayız. Görüşümüz 'Ben'in dışında her şeye kördür. Başkalarının, bizim onayladığımız elverişli mercekler olmasını isteriz.

Bu şekilde davrandığımızda biz sevgiliyi sevmeyiz, sevgilinin bizi sevmesini severiz.

♥

Başka insanların sizinle ilgilenmeleri için uğraşacağınız
iki yıl yerine, başkalarına ilgi duyarak iki
ayda dost edinebilirsiniz.
DALE CARNEGİE

ANLAMANIN YOLU ANLAYIŞLI OLMAKTIR

BİR şeyi anlamak için onu baştan aşağı tam olarak bilmek gerekir. Biz insanlar acil kararlara varmayı çok severiz. Hiç bilmediğimiz konular hakkında bile fikirlerimiz vardır. Zamanımızın çoğunu, genelde hiçbir temeli olmadan, tahminlerde bulunarak, karar vererek ya da eleştirerek geçiririz. Bunun gerçek olmasının bir nedeni de, olayları kendi hakkımızda bildiklerimizle anlamakla sınırlı olmamızdır ve çoğu zaman da kendimiz hakkında çok az şey biliriz.

Şu halde kendimizi anlamamız bizi başkalarını daha çok anlamamıza götürecektir. Kendi düşünce ve davranışlarımızın ne derecede önceden tahmin edilemeyeceğini kabul ettiğimiz zaman, başkalarının nasıl düşündüklerini ve herhangi bir şeyi nasıl yaptıklarını daha açık seçik olarak göreceğiz. Eski bir Kızılderili deyimi bir insanın mokasenleri içinde yeterli zaman geçirmedikçe onun düşüncelerini anlayamayacağımızı dile getirir. Ben buna şunu eklemek isterim: başkalarının mokasenlerini giymeden kendimizinkilerin içinde daha rahat olmayı denemeliyiz.

♥

Birini küçük görmedeki tek haklı yanımız onunla kavga etmeye hazır olmamızdır.
JESSE JACKSON

KULLANILMADIĞI SÜRECE SEVGİ
SEVGİ DEĞİLDİR

DÜNYAMIZDA o kadar az ortak sevgi vardır ki, "Tüm sevenler nereye gitti?" diye sormamız hiç de şaşırtıcı değildir. Sevgi içimizde kullanabildiğimiz en önemli enerji olduğu için bunu neden bu kadar az kullandığımız gerçekten şaşırtıcıdır. Sevgi, eyleme dönüştürmedikçe hiçbir işe yaramayan soyut bir fikirdir sadece.

Sevgi hakkında yanılgımız onun bir sonu olduğu ve çok verdiğimiz takdirde tükeneceğidir. Buna inanan insanlar sevgilerini vermede pek hasis davranırlar ve yaşamlarını onu, neye olduğunu bilmediğim bir şey için saklamakla geçirirler.

Bize bu kadar az maliyeti olan verecek başka neyimiz vardır ki? Miktarı böyle tükenmeyen başka ne vardır? Başka ne hem verene hem alana bu kadar yararlı olabilir?

Sevgi alışverişinde bulunarak yaşamadığımız takdirde bize verilen ve bizim de verebileceğimiz en büyük lütfu kullanmıyoruz demektir.

♥

Bir tek kalbin kırılmasını önleyebilirsem,
Boşuna yaşamış olmayacağım.
Bir yaşamdan acıyı alabilirsem,
Ya da bir acıyı hafifletebilsem,
Ya da bir ardıç kuşunu yeniden yuvasına koyabilsem,
Boşuna yaşamış olmayacağım.
EMİLY DİCKİNSON

HERKESİN SEVME VE SEVİLME ŞANSI EŞİTTİR

HEPİMİZİN eşit serveti, gücü, zekası ya da ünü olamaz, ama hepimizin sevgi içinde eşit büyüme yeteneği vardır. Bazı insanlar, kendilerini daha çok verecek zamanları olduğu için zenginler, ya da güçlü ve ünlüler için sevmenin daha kolay olduğunu söylerler. Diğer yandan sıradan bir insanın sevgi gibi gereksiz romantik kavramlarla uğraşamayacak kadar hayatta kalmak için çabaladığı söylenir.

Gerçekte herkes kalbinin içinde paranın, gücün, ün ve zekanın sevgide başarıyla hiçbir ilgisi olmadığını, ya da çok az ilgisi olduğunu bilir. Para seksi, hatta kısa süreli saygınlık anlarını satın alabilir, ama aşkı satın alamaz. Güç insanları harekete geçirir, korkutur, boyun eğmeye zorlar ama sevgiyi garanti edemez. Ünlü kişilerin çok reklamı edilmiş aşk sorunları vardır. Aramızda zeka derecesi en yüksek olanlar bile, sıra sevgiye geldiğinde her zaman o kadar akıllı değillerdir.

Tüm insan davranışları içinde inatla demokratik olmayı sürdüren bir tek sevgidir. Bunda başarımız çoğunlukla kendimizi sevgiyi öğrenme sürecine adamaya ne kadar hazır, başarısızlıklarımız karşısında ne kadar dirençli, davranışlarımızda ne kadar esnek olduğumuza, değişmeyi ne kadar kolaylıkla kabul etmemize bağlıdır.

♥

Her birimiz bir gün yaşama standardımızla ölçüleceğiz...
yaşam standardımızla değil; verme ölçümüzle...servetimizle değil;
basit iyiliğimizle... görünen büyüklüğümüzle değil.
WİLLİAM ARTHUR WARD

ACILIK EKŞİMEKLE SON BULUR

KİMSE acı meyveyi aramaz. Aynı şey acı insanlar için de geçerlidir.

Bir süre önce yalnızlığından yakınan bir kadından bir mektup aldım. Kocasının kendisini terk ettiğini söylüyordu. Ailesi kendisini çok seyrek, o da istemeyerek ziyaret etmekteydi. Yakınmalarını böylece sıralayıp duruyordu. İlerleyen yaşı için, bozulan sağlığı için, dünyanın umursamazlığı, sevgisiz dostları için acı doluydu içi. Kendisine yardım etmek isteyenlere bile kızıyor gibiydi. Her olayda duyduğu acılığın doğrulandığını görüyordu ve bu sürekli olumsuzluğunun, yalnız kalmasında giderek daha çok rol oynadığının farkında değildi.

Ona bir mektup yazıp bu olumsuz tavrının sorunlarının artmasında katkıda bulunabileceğini ima ettiğimde, (kim böylesine bir acılığın parçası olmak isterdi ki?) bana verdiği yanıtta benim sevgiyi yaymaya çalıştığım ama aslında ikiyüzlü bir insandan başka bir şey olmadığım için, diğerlerinden de kötü olduğumu yazdı.

Deneyimlerimiz bize yaşamdan ancak verdiğimiz kadarını aldığımızı göstermiştir. Eğer dünyaya, her ne nedenle olursa olsun, acıyla bakarsak karşılığında başka bir şey bekleyemeyiz. Ancak muhalefeti mizah duygusuyla karşılar ve elimizde olan için şükredersek, insanların bize aynen karşılık vereceklerini göreceğiz.

♥

Öfkesi hep burnunun ucundaydı ve tartışmaya her zaman hazırdı.
FRED ALLEN

Sevgi kolayca yenilgiye uğrayanlar ya da çabuk düşkırıklığına uğrayanlar için değildir

BİR GRAM SAĞDUYU BİR KİLO
BİLGİDEN DEĞERLİDİR

İtalyan Atasözü

ÇOCUKLAR düşkırıklıklarına ani çözüm isterler. Bunu elde edemezlerse tepinip ağlamaya başlarlar. Ancak yaşlandıkşa, acı da olsa, dünyanın sadece bizim için yaratılmadığını öğreniriz. Başka insanların da bize ihtiyaçları vardır ve bunu hak ederler. Sağduyuyu ve içimizde, "Sesini kes! Şimdi benim güdülerimi yapacak ne zaman ne de yer," diyen o küçük sesi dinlemeyi öğreniriz. Tutkularımızın yatışmasını, sağduyunun üstün çıkmasını beklemeyi öğreniriz.

Bir başkasının duygularına gerçekten değer veriyorsak isteklerimizi ertelemeye, arzularımızı (geçici de olsa) bastırmaya hazırız demektir. Her aklımıza geleni söyleyerek sevgimizi kaybetmekle herhangi bir şey kazanamayacağımızı biliriz.

En küçük bir kışkırtmada çılgına dönmeyi adet edinen bir arkadaşım vardır. Bu davranışını savunmak için öfke ve düşkırıklığının derhal belirtilmediği takdirde ruhsal bir hasarın meydana geleceği konusunda psikolojik boşalmanın önemini vurgulayan yeni kuramları saymaya başlar. Böylece onu sık sık aksi zamanda önüne çıkmış olan ailesine ve arkadaşlarına bağırırken görürsünüz. Bunun sağlığına yararlı olduğuna inanır ve çevresindekilerin sağlıklarına (özellikle de ruh sağlıklarına) neler yapmakta olduğunu düşünmez bile. Ve buna karşın neden bu kadar istenmeyen, sevemeyen ve sevilmeyen kişi olduğunu anlayamaz.

Haklılığımıza emin olduğumuz zamanlar bile duygularımızı biraz bastırmak bize dost kazandırıp insanları etkilemekten çok daha fazla şey sağlar. Bu, sevgi ve saygı duygularını artırır ve uzun süreli ilişkiler de ancak böyle kurulur.

♥

Tatlı dil ve sevecenlikle bir fili kılından tutup çekebilirsiniz.
İRAN ATASÖZÜ

SEVGİYİ ÇIKAR İÇİN KULLANMAK

SEKSENLERİN 'Benci Onyılı' insanların nesnelere indirgendiği, sevginin bir iş anlaşması gibi görüldüğü yıllardır. Bu insanlar ortak tatmin yerine ego tatminiyle ilgiliydiler. Kuşkusuz herkes bu davranış içinde değildir; ancak çoğumuz bu 'ben' değerlerine dayanan türden ilişkileri biliriz. İki insanın, birbirini dikkate almadan bağımsız olarak kendi özel gündemlerini sürdürdükleri ilişkilerdir bunlar.

Birkaç yıl önce kocasını sanki bir kataloktan ısmarlamış gibi görünen bir kadına rastlamıştım; erkek kendisine o kadar uygundu. Yakışıklıydı, zekiydi, çalışkandı, sadıktı, arkadaşlarını etkileyecek ve kendi egosunu tatmin edecek bir araçtı. Ancak kadın yıllar sonra bana 'Bay Kusursuz'un bütün parıltısını kaybettiğini söyledi, tıpkı sürekli gösterilen yeni bir takım elbise gibi. Kadın adamı terkedip yeni bir aşk aramaya yöneldiğinde vicdan azabı duymuyordu. Bunu kendi kendine karşı bir görev olarak görmekteydi. Çok geçmeden de yeniden evlendi. Oysa adam hâlâ kendine gelmeyi bekliyor.

Başka insanları amaçlarımıza varmak için kullandığımız zaman onları nesneler durumuna indiririz. Böyle kullanılan kimselerin yıllar boyunca, hatta kimi zaman sonsuza kadar hasarlı ve kırık kalmalarına şaşmamak gerekir.

Bu tür bir davranış en basit ahlak kurallarının saptırılmasıdır. Bunun sevgiyle hiçbir ilgisi yoktur.

♥

Genel olarak bizim özümüzü emen ve mutluluğumuzu zehirleyen şey, onu tüketip sonunu getireceğimizi hissetmemizdir.
PİERRE TEİLHARD DE CHARDİN

AŞK YARALARINI ATLATMAK

EĞER seveceksek, her ikisi de sevme gerçeğinin parçaları oldukları için, sevginin getireceği mutluluk kadar perişanlığa da hazır olmalıyız. Dünyevi aşk kusursuz olmadığından, acıdan asla kaçınamayız, ancak seven insan yaraları atlatmanın yolunu da bulur. Aşık denilen ve hafif olsa da yaralarla kaplı olmayan tek kişi görmedim şimdiye kadar.

Çok kişi bu yaraları atlatırsa da, bazıları aşka karşı mücadeleye devam ederken bunları gurur duydukları savaş yaraları gibi gözler önüne sermeye devam ederler. Bu insanlar bir daha asla yapılmasına izin verilmeyecek şeylerin uyarısı olarak belleklerinden o yapılan kötülüklerin listesini asla çıkartıp atmazlar.

Aşk düşkırıklığı ve yıkım getirebilir, ama ondan ders almasını da ancak akıllı olanlarımız bilir. Bunu yapmak aşkın zaferlerini daha da tatlı kılar. Duygusal güçlülüğümüz ve bilgeliğe doğru büyümemiz bir yaşamboyu süresinde gelişir ve çok zaman da muhalefetten doğar. Böylesine güçlü bir bilgi için ödenecek pek küçük bir bedeldir bu.

♥

Muhalefet, insanları bir araya getirmenin yanısıra o güzel iç dostuğu da ortaya çıkartır.
SÖREN KİERKEGAARD

SEVGİYİ REKLAM ETMEK

YAŞAMIMIZ öylesine nefret, açgözlülük, şiddet ve bencillik etkisindedir ki, dünyada en azından bunlara eşit miktarda iyilik olduğunu görmezden geliriz. Sorun, olumsuzluk ve nefretlerini reklam edenlerin sevenlerden daha yüksek sesli olmaları ve medyada bunlara daha çok zaman verilmesidir. Yıllardır iyi şeyler yapan, iyi insanları kutlayan televizyon programları yaparım. Uzmanlar bana bu işi unutmamı, iyiliğin satılamayacağını çok söylemişlerdir. İyi insanlar gibi iyi hikayelerin de satışı olmaz denmektedir. Bunun sonucunda yeni bir kuşak birbirlerinin sevgisini değersizleştirmekte ve 'gerçek dünya' diye adlandırdığı daha olumsuz bir yaşam görüşüne doğru çekilmektedir.

Toplumumuzun yüceltmesine bakınca bu kadar insanın nefret, şiddet ve bencilliğe böyle kanmalarına şaşmamak gerekir. Bence her ne pahasına olursa olsun, iyiliğin reklamını yapmak ve sevgiyi açıkça göstermek için bundan daha önemli bir an asla olmamıştır.

♥

Çok ölüm ve pek az hayat, çok acı ve pek az neşe, çok açgözlülük ve pek az verme, çok yalnızlık ve pek az sevgi görmektendir çektiğimiz bütün acılar.
ANONİM

ÖLÜM HEPİMİZ İÇİN DOĞALDIR, AMA YAŞAMA CESARETİ OLMAK DOĞAL DEĞİLDİR

YAŞAMIMIZLA istediğimizi yapabiliriz. Olanları acı bir teslimiyetle kabul edebiliriz, ya da insani tutkuyla buna isyan edebiliriz. Yaşamı bir yücelme ya da bir küçülme, mutluluk ya da bağımlılık nedeni, sevinç ya da boşluk olarak görebiliriz. Önemli olan, seçimin bizim olmasıdır!

Annem bildiğim en olumlu yaşam görüşüne sahip bir kadındı. İşler kötüye gittiğinde hemen düzeltmeye koyulurdu. Kaderine lanet okuyacağı yerde arkadaşlarını makarna yemeye davet ederdi. (Makarna her kötülüğe iyi gelirdi!) Ya da bir gezinti düzenlerdi. Genellikle çok onarıcı olarak kabul ettiğinden, deniz kıyısına giderdik. Böylece kendisine (ve de bize) yaşamın verebileceği zevkleri hatırlatırdı. Annem 82 yaşına kadar yaşadı ve bu niteliğini hiç yitirmedi. Hepimize en iyisinin yaşamı seçmek olduğuna inandırmıştır. Hele, Woody Allen'in dediği gibi, bir de alternatifini düşünürseniz.

♥

Size sevme ve çalışma ve oynama ve yıldızlara bakma fırsatı verdiği için yaşamdan mutlu olun.
HENRY VAN DYKE

SEVGİ VE AŞK

AMERİKAN toplumumuz fiziki temasın, arkadaşlar ve dostlar arasında bile olsa, özendirilmeyip onaylanmadığı pek az toplumdan biridir. Oysa geniş İtalyan ailemizde kucaklaşmamak ve öpüşmemek cezayı gerektiren bir davranıştı.

Bilim basit bir kucaklaşmanın en elverişli ve en ucuz tedavi yöntemlerinden biri olduğunu kanıtlamıştır. Ama biz yine de dokunuş açlığı çekmekteyiz. BİRBİRİNİ SEVMEK kitabım için yaptığım bir araştırmada konuştuğum kişiler mutlu ve uzun süreli ilişkiler için gerekli üç nitelik saymışlardı. Bu kişilerin hepsi de sevgiyi (dokunma, tutma ve okşama) en önemlisi kabul etmişlerdi. Birincisi iletişimdi. Diğer yandan sevgiden ayrı tuttukları seks sekizinci sırada yer almaktaydı.

Seksi olmayan dokunma hem fiziki hem duygusal refahın kaynağıdır ve aşkın gelişmesine yardımcı olur. Bu bedavadır, özel bir araca ihtiyacınız yoktur ve her zaman da elde edilebilir bir şeydir. Sevmek için insanlara kendileriyle ilgilendiğimizi belli etmeliyiz. Bunun en iyi yolu da uzanmak ve bunu onlara mümkün olduğu kadar çok göstermektir.

♥

Sevgi teması önemlidir. Annemizin tavuk suyuna çorbası olmadan, Teresa Ana olmadan, kilisede komşumuzun sevgi dolu dokunuşu ya da hastanede okşaması olmadan hayvanlar gibi yaşayabilirdik.
EVERETT TETLEY

KATILIK VE SEVGİ

ÖĞRENMEK olağanüstü bir şeydir. Çoğunlukla bu nedenle daha özgür ve daha mutluyuzdur. Ancak öğrenme özgürleştirdiği gibi insanı kapana da sıkıştırabilir. Temel inanç sistemimizi ve değerlerimizi yaşamın ilk yıllarında elde ederiz. Bu eski fikirler yeni görüşleri değersiz kılabilir ve gereksiz klişelere saplanıp kalmamız sonucunu doğurabilir. Birini sevmenin şaşırtıcı ödüllerinden biri de, o kişinin inançlarımıza ve davranışlarımıza karşı çıkarak bizim nesneleri yeni bir biçimde görmemizi sağlayabilmeleridir. Sevgi bizim dünyayı bir başkasının gözüyle görerek görüş açımızı genişletmemize yardım eder. Bu meydan okumayı, gelişmemiz için heyecan verici bir kaynak yerine bütünlüğümüze bir tehdit olarak görürsek önemli olanı gözden kaçırmış oluruz.

♥

Sadece sevgi canlıları tamamlayacak bir biçimde birleştirme yeteneğine sahiptir, çünkü sadece o onları alır ve birbirleriyle en derinlerindeki şeylerle birleştirir.
PİERRE TEİLHARD DE CHARDİN

SEVGİ KAZANILAN BİR ŞEYDİR

SEVGİYİ ne kadar çok istersek bizden o kadar kaçar. Hiçbir yalvarma, söz verme, pazarlık ya da tehdit sevgiyi sağlayamaz. Gerçek sevgi ancak kazanıldığında verilir.

♥

Sevgi kısıtlamalarla solar; onun ruhu özgürlüktür; sevgi boyun eğmeyle, kıskançlık ve nefretle uyuşan bir şey değildir.
PERCY BYSSHE SHELLEY

SEVMEYE BİR ENGEL OLARAK EGO

ÇOĞUMUZ kendimizi seven insanlar olarak görürüz, ama pek azımız bunun gerçekten ne anlama geldiğini düşünecek kadar kendi dışımıza çıkarız. 'Sevmek' kendimizi odak noktası yapmaktan uzaklaşıp başkalarına yönelmek ve ana amacımızın onların bu Tanrı lütfunu anlamalarına yardım etmektir. Onların başarısıyla gururlanırız; onların gelişmesiyle tatmin oluruz; onların artan bilgilerini paylaşarak daha akıllı oluruz. Zaman zaman egomuzdan vaz geçerek başkalarına ve sevgiyi anlamaya biraz daha yaklaşırız.

♥

Egoistlerin iyi bir yanları vardır: başkaları hakkında konuşmazlar.
LUCİLLE S. HARPER

SEVGİYİ GÖRMEK

ÇOĞUMUZUN gözünün görme gücü 20/20dir, ama pek azımız bunu kullanma zahmetine gireriz. Bir kadından şöyle bir mektup almıştım: "Kocamın son on beş yıldır bana baktığını sanmıyorum. Birbirimizden pek ayrı değiliz, yine de odaya beyaz bir atın üstünde çırılçıplak girsem onun televizyon seyretmeye ya da gazetesini okumaya devam edeceğine inanıyorum. Beni sevmiyor değil, ama görünmez bir kadın oldum işte."

Sevgi Dersi verirken öğrencilerime şöyle derdim: "Annenizle yirmi yılı aşkın bir süredir birlikte yaşıyorsunuz. Annenizin gözleri ne renktir?" Buna kesin olarak o kadar az yanıt alabilirdim ki.

Çocuklarımız büyürken kendilerini pek göremeyiz. Sevdiğimiz insanlar ölürler ve birkaç hafta sonra onları gözümüzün önüne getirmekte güçlük çekeriz.

Bir görmeyenler ve az görenler topluluğu önünde bir konuşma yapmıştım. Konuşmamdan sonra biri yanıma gelip beni 'Braille' ile okumak istediğini söyledi. Kadın yumuşacık ve seven parmaklarını yüzümde dolaştırdıktan sonra çok sevimli bir gülümsemeyle, "Ne hoş," dedi.

İletişimin büyük bir bölümü sözsüzdür. Sözcükler aldatır, göz de görmez olunca, sevgiyi tüm duygularımıza algıladığımızı hatırlamak iyi bir şeydir.

♥

Görmek istemeyenden daha kör insan olamaz.
ANONİM

Sürekli olan tek yara, olumlu bir gelişmesi olmayandır

SEVİNME ZAMANI

YAŞAMDAKİ iyi şeyleri unuturken kötüleri nasıl hatırlamakta kararlı olduğumuz gerçekten çok gariptir. Sevgi Dersinde her öğrencinin bir umutsuzluk deneyimi ile bir sevinç deneyimi paylaşmalarını ders olarak vermiştim. İnsanların umutsuzluklarını (hem de ne ayrıntılarla) dile getirirken, neşeli zamanlarını hatırlamakta nasıl güçlük çektikleri benim için çok şaşırtıcı oldu. Yaşamlarımızın sürekli yıkım ve umutsuzluk haberleriyle bombardıman altında tutulduğunu düşünürsek bunda belki de o kadar şaşırtıcı bir şey yoktur. Okulda okuduğumuz tarihin tümü bir savaş, baskı, açlık ve felaket listesidir. Mutluluk ve barış konuları pek azdır.

Annem bize mutluluk anlarımızı toplamamızı söylerdi. İşlerin kötü gittiği zamanlar bunların yararlı olacağını durmadan hatırlatırdı. Ve kendisi de bunu uygulardı. Güç günler geldiğinde bize ilerde daha mutlu günler olacağını hatırlatırdı. Ayrıca acı veren deneyimleri olumluya döndürme yeteneği de vardı. Böyle bir anı hatırlıyorum. Babam bir akşam iş ortağının bütün parayı alıp kaçtığını, kendisini iflas durumunda bıraktığını söyledi. Tüm aile bu haberle sarsılmıştık. Faturalar nasıl ödenecekti? Yemek parasını nereden bulacaktık? Bu sonuncu soruyu annem ertesi akşam yanıtladı. Aylardır görmediğimiz nefislikte bir şölen çıkardı karşımıza. Babam çok kızmıştı. "Sen aklını mı kaçırdın?" dedi. "Hayır," dedi annem. "Bir kutlama için bundan iyi bir zaman olamaz diye düşündüm. Mutlu olmaya en çok bu anda ihtiyacımız var. Merak etme, bir çaresine bakarız." Baktık da. Annem pratik bir dersin yanında bize, bunca yıldır işimize yarayan güzel bir de anı sağlamıştı. Ailemizde o yemeği kimse unutmayacaktır.

Talihsizliği yendiğiniz zamanları hep hatırlayın. Bunu bir daha yapacağınız konusunda güven verecektir size. Se-

71

vinç ve mutluluk anlarınızı hatırlayın. Bunlar en çok ihtiyacınız olduğunda size güç kaynağı olacaklardır.

En iyi zamanlarda kutlama nedenleri olduğunu bilin; ama belki de daha önemlisi, kötü zamanlarda da kutlama yapılabileceğini hatırlayın.

♥

Dertlerinize gülmeyi öğrenirseniz gülecek
şeyleriniz hiç bitmez.

LYN KAROL

SORUNLARIMIZI YARATAN KİŞİ OLARAK KALDIĞIMIZ SÜRECE ONLARI ÇÖZMEK OLANAKSIZDIR

HİÇBİR insan ya da ilişki sorunsuz değildir. Sorun çıktığında, bunun hiç olmazsa bir bölümünden kendimizin sorumlu olduğunu hatırlamak yararlıdır. Hatta bunların kaynağı bile olmuş olabiliriz. Çatışmalarımıza eskiden olduğu gibi yaklaşırsak sürekli bir çözüm olasılığından uzaklaşabiliriz. Kendi kişisel çarkımız üzerinde ve hiçbir yere gitmeden, hiçbir şeyi çözümlemeden dönmeye devam ederiz.

Çatışmaların üstesinden gelmenin ideal yolu yeni görüşler eklemek, yeni beceriler elde etmektir. Engellere üzerinden aşılacak fırsatlar olarak bakarsak, sadece çözüm bulmakla kalmayıp kendimizin genel sorun-çözme yeteneklerimizi de artırırız.

♥

Bir sorunu çözmek kadar iyi bir şey,
onda neşeli bir şey bulmaktır.
FRANK A. CLARK

SEVDİKLERİMİZİ DEĞİŞTİRME ZORUNLULUĞU

SEVDİKLERİMİZDE ne kadar çok kusur buluruz. Eğer biraz daha şöyle olsalardı, ya da biraz daha böyle olsalardı, şuna biraz daha az yahut ona biraz daha çok benzeselerdi sevgimizin tam olacağını düşünürüz. Sorunun kısmen bizim kaprislerimizden, bizim ruhsal durumumuzdan ya da daha açıkçası, aptallığımızdan doğmuş olmasına karşın bu doğrudur.

Bir kadın bana yazdığı mektupta kocasını değiştirmeye kararlı olduğunu bildiriyordu (hatta kocası olmadan önce bile). Yıllar süren dırdırdan, tehditten ve biçim vermekten sonra bunu başarmıştı. Şimdi kocası istediği biçime girmişti. Ama artık yeni bir sorunu vardı. Onun evlendiği erkek olmadığından yakınıyordu.

♥

İnsanların ortak bir şeyleri vardır: hepsi
birbirlerinden farklıdırlar.
ROBERT ZEND

SEVGİNİN YARDIMA İHTİYACI OLDUĞU ZAMAN

HEPİMİZ romantik aşk efsanesiyle beslenmişizdir. Romanın son sayfalarında sevgililer kucaklaşınca tüm sıkıntılar, çatışmalar ve kaygılar sona erer ve sonsuza kadar öylece mutluluk içinde yaşarlar. İki kişi artık ayrılmaz bir bütün olmuşlardır.

"Ondan sonra mutlu" sendromunun temeli budur, aşk ve tutkunun heyecan verici yanını bununla yüceltiriz, ama pratik, sabırlı ve daha sakin yanını da görmezlikten geliriz. Ve yıllar geçince geri bakar, geçmişin olağanüstülüğünü düşünür ve birbirimize nasıl olanaksız kusursuzluk beklentileri yüklediğimizi görürüz.

Yaşamın geçtiği değişimlerden aşk da geçer. Bu değişiklikleri ne kadar çok bekler, ne kadar çok kabul eder ve hoş karşılarsak, aşkımız da o kadar sağlam olur.

♥

Önemli olan insanlar, diğer herkesin önemli olduğunun da en çok farkında olanlardır.
MALCOLM S. FORBES

GÜVEN

GÜVEN, sevginin en temel niteliklerinden biridir. Güvenlikte olduğumuzu, başkalarının bizim refahımızı istediklerini ve bizim gelişmemizi arzuladıklarını bilmeye gereksinimimiz vardır. İnsanların bizden yana oldukları bilgisine hasretiz. Başkalarından bu mesajı almadıkça onların etkisine daha az açığız ve bunun sonunda, onların refahıyla daha az ilgileniriz.

Bizi sevip sevmediklerini anlamak için insanları sürekli sınarız. Onların düşünceli olup olmadıklarını, kendilerini serbestçe verip vermediklerini, bizi kafalarıyla olduğu kadar kalpleriyle de dinleyip dinlemediklerini, mutluluğumuzu paylaştıklarını mı yoksa bunun onları tehdit mi ettiğini, onlara ihtiyacımız olduğunda yanıbaşımızda olup olmayacaklarını öğrenmeye çalışırız. Onların sevgilerinden bir kere emin olduk mu, artık her şey mümkündür. Gelişebiliriz ve hayallerimizin çok ötesine çıkabiliriz. Korkularımızı yenecek ya da kendi kendimize zararlı olan alışkanlıklarımızı kıracak cesareti buluruz. Kinimizden vazgeçmenin, baskı altındaki duygularımızı açıklamanın, hatta acı da verse, özür dilemenin bir yolunu buluruz. Sevgi içinde güvencede olduğumuz zaman bütün bu küçük mucizeler gerçekleşebilir.

♥

Sevgiden başka bir şey kalmadığında, yaşamınızda
ilk kez olarak sevginin yeterli olduğunu anlarsınız.
ANONİM

Çoğumuz duygusal deneyimlerimizi olumsuz sonuçlara vararak elde ederiz

SEVGİ, ÖZEL BİR İŞ DEĞİLDİR

HER birimiz milyonlarca insan arasında bir tek insan olmamıza karşın, tüm iyilik ya da kötülüğün güçlü kuvvetleriyiz. Yeryüzünde her şeyin bir amacı, nedeni ve sonucu vardır. Bir havuza atılmış bir taş gibi, bizim de yaptığımız her hareket giderek genişleyen dairelere dönüşür ve yoluna çıkan her şeyi içine alır.

Bütün şeylerin birbirleriyle ilişkili oldukları ve birimize olanın şöyle ya da böyle hepimizi etkilediği kavramını anlamak güç olabilir. Bunun sonucunda da, yaptığımız iyi ya da kötü şeylerin özel işimiz olmadığı çıkar. Bu hepimiz için önemlidir.

Dünyada acı, yalnızlık ve açlık oldukça, bu bizim sorumluluğumuzdur. Sevmenin ve vermenin sevdiğimiz insanların yaşamlarını değiştirme gücü oldukça kendine özgü bir sevgiye yer yoktur. Bu hareketlerimizle biz dünyayı da değiştirmekteyiz çünkü.

♥

Yeteri kadar verdiğini sanıyorsan bir daha düşün. Her zaman
verecek daha çok şey ve onu verebileceğin bir kişi vardır.
NORMAN VİNCET PEALE

KORKUYU DENGEDE TUTMAK

KİMSE korkuya bağışıklı değildir. Ancak bütün duygularda olduğu gibi, bunun bize fırsatları göze almayı, daha serüvenci olmayı söyleyen karşıt seslerle dengelenmesi gerekir. Bir bisiklet üstünden ilk savrulduğumuz gün fiziki acı çekme olasılığını fark etmişizdir. Sözkonusu olan tehlikeyi gördüğümüz için bu bizi daha dikkatli olmaya zorlamıştır. Ancak bisiklete binmeyi öğrenmek sevinci tehlike korkusundan daha güçlü olduğu için korku, yerini neşeye bırakana kadar gerekli ustalığı öğrenmeye devam etmişizdir. Birine gülümsemek, bir konuşma başlatmak, bir kompliman yapmak, dürüst bir duyguyu dile getirmek gibi hiç de karmaşık olmayan sevgi davranışları sadece yeteri kadar uygulamadığımız için korktuğumuz şeylerdir. Bunları uygulayarak egomuzu biraz zedelemiş olursak da bu bisiklete binmeyi ilk öğrendiğimizde dizimizde oluşan ve kısa sürede iyileşen berelerden fazla farklı değildir. Sevgi, bizimle başkaları arasına mesafe koyan mantıksız ve kendimize zararlı korkuları yenmemizi öngörür.

♥

Bu dünyada, yakın da olsa uzak da,
Sevginin olmadığı yerde korku vardır.
PEARL S. BUCK

SEVMEYE ÇABALAMAKTAN
ÇOK SEVİLMEYE ÇABALAMAK

SEVİLMEYİ bekleriz ve bunu yapmayanları suçlamaya da her an hazırız. Yaşamda sevileceğimiz garantisi olduğuna inanırız. Sevilme derecemizin sevilebilirliğimize bağlı olduğu ise pek aklımıza gelmez.

Sürekli sıkıntılı, her şeyin karanlık yanını arayan, bir bağlantı yapmaktan korkan, sorumluluktan kaçan, en küçük kışkırtılmada öfkelenen ve sonra da neden aranmadıklarını, neden sevilmediklerini merak eden insanları hepimiz biliriz. Böyle birini, mutsuzluk arayan bir başkası dışında kim sevebilir ki?

Sevgiyi ne kadar az isteyip ne kadar çok verirsek insan sevgisinin temelini anlayabiliriz.

♥

Sevgi sevgiden başka ne verebilir?
MARY DE LA RİVİERE MANLEY

VAR OLMAYAN
BİR SEVGİYİ ARAMA

HEPİMİZ mükemmel aşk hayali peşindeyiz. İçimizden bazıları bunu hak ettiklerini de düşünürler. Çatışmasız, anlayış, kabul ve sevecenlik dolu ilişkilerin hayalini kurarız. Neler hak ettiğimiz hayalleri ile bunda eksik olanları sürekli ölçüp biçerek yakınmakla harcarız zamanımızı.

Bir arkadaşım kusursuz aşk saplantısına kapılmış ve bunu aramak için karısıyla çocuğunu terk etmişti. Bunu mutluluğa olan hakkı olarak görüyordu. Bu kararı verdikten sonra on yedi kadınla ilişki kurmuş olmakla övünüyor ama aradığı ideali hâlâ da bulmuş değil. Bir ilişkide böylesine ne aradığı sorulunca gerçek aşkı aradığını söylüyor. Kuşkusuz, bunun ne demek olduğunun farkında bile değil. Bence o ancak kendisiyle evlenene kadar mutlu olmayacaktır.

Yeryüzünde kusursuz aşk olmadığı, yalnız insani aşk olduğu gerçeğini kabul edersek belki daha az düşkırıklığına uğrayacağımıza inanıyorum ben. O zaman enerjimizi elimizdeki sevgiyi takdir edip yüceltmeye harcayabiliriz.

♥

Sevmeyi ancak severek öğrenebiliriz.
IRİS MURDOCH

ONURUMUZDAN VAZGEÇTİĞİMİZ ZAMAN ONUN HAKKINDA YAKINMA HAKKIMIZDAN DA VAZGEÇMİŞ OLURUZ

HİSSETTİĞİMİZ düşkırıklıkları ya da acı için başkalarını suçlamak hep daha kolaydır. Kendi mutsuzluğumuzun sorumluluğunu yüklenmeyi pek seyrek olarak kabul ederiz. Davranışlarımızı dikkat ve dürüstlükle incelediğimizde kendi kayıtsızlığımız, zayıflığımız ya da bilgisizliğimiz sonunda bağışlanamayanı yaptığımızı görürüz: kendi kendimizin denetimini bir başkasına vermişizdir. Sevginin en önemli bir parçasından vazgeçmişizdir. Şu halde kendimizi boş ve ölü hissetmemize şaşmak gerekir mi? Küçülmüş ve büzülmüş, bir hiç olmuşuzdur. Ve en kötüsü de bunun olmasına biz kendimiz izin vermişizdir.

Mutluluğumuz büyük bir ölçüde onur duygumuza dayanır. Özsaygı olmadan, (hakkımız olan) özdeğer duygusu olmadan, değil sevgi kadar değerli bir armağan, herhangi bir şeyi alıp verme yeteneğimizi küçültmüş oluruz.

♥

İnsan, inandığı şeydir.
ANTON CHEKHOV

TAHAKKÜM HER ZAMAN KORUMAYA ÇALIŞTIĞINI YOK ETMEKLE SONUÇLANIR

BİR başka insan üzerinde mutlak hakimiyet ne mümkündür ne de istenen bir şeydir. Bu her zaman yok edicidir. Gerçek aşk hakkındaki büyük söylencelerden biri de bunun iki insanın yaşamlarının sonsuza kadar birleştiği, aynı doğrultuda olduğu, aynı amaç ve çıkarlara sahip olduğu ve birbirinden uzak geçen her anın bir sonsuzluk olduğudur. Bu gerçek olsa bile, doğrusu bana çok sıkıcı geldiğini söylemeliyim.

Kendimizi paylaşmak, korunmuş ve yakın hissetmek istememiz doğaldır. Bunun ancak tek ve sürekli bir düzenlemeye dönüşmesini istediğimiz zaman bir sorun olur. Sevgilerini bir tek insana yönelten kişilerin genel sevgi sorunları var demektir.

Sevdiklerimizin başkalarını da sevebilme ve onlar tarafından sevilebilme yetenekleri olduğunu görmek tehdit edici değil, ferahlatıcı bir şey olmalıdır. Onların bizden ayrı bir ilgi alanları olması, kendi kendilerine yeterli ve güvenli oldukları bizi minnettar yapmalıdır.

Biz vereceğimizi asla sulandırmadan aynı anda pek çok kişiyi sevebiliriz. Aslında ne kadar çok sevgi deneyimi yaşarsak, derin ve özel bir ilişkiye o kadar çok şey getirebiliriz. Sevgi paylaşıldığında kalitesi azalmaz; aksine yoğunlaşır ve deneyimle birlikte kesinlikle de gelişir.

♥

Birbirinize yakın durun ama çok yakın değil. Tapınağın sütunları
birbirlerinden ayrıdırlar ve meşe ile selvi
birbirlerinin gölgesinde büyümezler.
KAHLİL GİBRAN

SEVGİNİN GEÇERLİ ALTERNATİFLERİ

BİR sorunla karşılaştığımız çoğu zaman kusursuz çözümü ararız. Bu ise sadece düşkırıklığına uğramak için bir plan olup bizi eyleme geçmekten çok kararsızlığa iter. Her sorunun, onu çözecek yaratıcı kişi sayısı kadar çözümü vardır. Örneğin John'un Mary'ye kendisine saat tam üçte telefon edeceğini söylediğini düşünelim. Saat ikide Mary telefonu tüm kalbiyle beklemeye başlamıştır. Saat üçte kaygı hisseder. Saat üç buçukta ise düş kırıklığı. Saat dörtte kızmıştır. Saat beşte öfkeli ve ağlamaklıdır. Saat altıda kendini öldürmeye ya da cinayet işlemeye hazırdır. Sıkıntısı, kafasından geçen her düşünceyi yeyip bitirmekte, hayali çılgıncasına bir tempoyla çalışmaktadır.

Bu durumu idare edebileceği tüm alternatifler aklından uçup gitmiştir. John'a telefon edebilir. Daha iyisi, Peter'i arayabilir. Bir kız arkadaşını arayıp sinemaya gitmeyi teklif edebilir. Bir pizza yapıp arkadaşlarını çağırabilir. Düşkırıklığını anlatan bir şiir ya da bir mektup yazabilir. Komşularına papatya verebilir. Hastanedeki bir arkadaşını ziyaret edebilir. Benim demek istediğim çok basit. Sorunlarımızın her zaman birden fazla çözümleri vardır.

İnsanların başka bir bakış açısından yaklaşmak istemedikleri bir sorun altında ezilip yenildiklerini çok görmüşümdür. Burada sözkonusu olan kendi yaşamımızı yönetmek için gerekli kişisel onur ve özgürlüktür. Neyse ki, bu seçenek bizim elimizdedir. Sağlıklı insan karşısına çıkabilecek her türlü çatışmaya elinde geçerli en fazla alternatifi olan insandır.

♥

Çözümü görmüyor değiller, göremedikleri sorundur.
G.K. CHEBTENTON

Yarın için yaşanan yaşamın gerçekleşmesine hep bir gün vardır

VERDİĞİMİZİ ALIRIZ VE BEKLEDİĞİMİZİ BULURUZ

PEK çok kuşkucu insanın bulunduğu bir dünyada yaşamamız bir talihsizlikse de bu gerçek olan bir şeydir. Bunlar, herkeste var olduğuna inandıkları samimiyetsizlik ve namussuzluğu açıklamaya hevesli olan dikkatli bir gruptur. Sevecenlik ve sevgi eylemlerinin çoğunlukla başka amaçlardan kaynaklandığına inanırlar bunlar. Ne yazık ki, çoğumuz sert bir kabuk geliştirme alışkanlığına girmişizdir. Biri bize bir gül sunar ve ardından bir bağış isterse, gelecekteki böyle olaylara karşı kendimizi hazırlarız. O günden sonra bize sunulan her çiçek bir kuşku konusudur.

Bir ilişkide güvenenler ve kendilerini incinebilir duruma düşürenler birden aldatıldıklarını hissedebilirler. Parçaları yeniden toparlayıp, bir daha sevgiyle karşılaştıklarında kuşkucudurlar. Bunlar 'sağlıklı kuşkucular' olmuşlardır - daha az açık, daha az güvenen, daha az incinebilir; kısacası, gelecekte sağlıklı ilişkileri sürdürmeleri güç olan kişiler.

Bence, düşkırıklıklarının ötesine gidip incinmelerin üstüne çıkmaktan çok daha kolaydır bir kuşkucu olmak. Oysa biz yine güvenmeye ve aldığımızdan fazla şeyler beklemeye hazır olmalıyız. İnsanların içyüzlerini görmekte uzmanlaştıklarına inanan gerçek kuşkucular aslında değişik bir tür körlük içindedirler. Sevgi istiyorsak, biraz şaşı bir iyimser olmak demek olsa bile, insanların iyi yanlarını görmeye çalışmalıyız.

♥

Herhangi bir formül ya da yöntem yoktur.
Sevmek severek öğrenilir.
ALDOUS HUXLEY

SEVGİ DOLU KOMPLİMAN

MARK Twain iyi bir komplimanın kendisini iki ay kadar idare ettiğini söylemişti. Benim işittiğim en sevgi dolu komplimanı eski İngiltere Büyükelçisi Joseph Coate yapmıştır. Öldükten sonra dünyaya bir daha gelirse kim olmak istediği sorulunca, bir an bile duraksamadan, "Bayan Choate'ın ikinci kocası," demiştir.

Hemen hemen hepimizde takdir edilmek, o komplimanların en üstünü olan sevildiğimizi duymak için bir açlık vardır. Güçlülüğümüzü takdir edecek, sendelemek zorunda kaldığımız yerlerde bizi destekleyecek insanlara ihtiyaç duyarız. Dürüst komplimanlar basittir ve bize hiçbir şeye mal olmaz, ancak bunların değerini asla küçümsememeliyiz.

♥

Bir tek insanın alkışı bile çok önemlidir.
SAMUEL JOHNSON

İNSAN, SEVMEK İÇİN
ASLA YAŞLI DEĞİLDİR

YİRMİ yaşlarımıza geldikten sonra yaşlanmak pek seyrek olarak zevkle beklenen bir şeydir. Belki de bizim yaşlanmaya karşı tutumumuzdur bizde bu korkuyu yaratan. Bence bizim korktuğumuz yaşlılık ya da ölümden çok, bunun sonucunda bir olasılık olarak gördüğümüz yalnızlık ve sevgi eksikliğidir. Bizim korktuğumuz şey, sevdiklerimizin bizimle planlar yapmaktan vaz geçip, bizim için planlar yapacakları gündür. Azalan saçlar, buruşmuş deri ve daha ağır bir yürüme çoğumuzun yaşlılık korkusunun gerçek nedenleri değildir. Bu, daha doğrusu, sevgiyi yitirme olasılığıdır.

Yaşlılık, doygun bir yaşamın sonunda üzerine yaslanacak bir anılar yastığı olmayabilir. Dış kabuk başka şeyler söylese de biz her zaman aynı gereksinimleri olan seven insanlar olarak kalırız. Öleceğimiz güne kadar sevme ve sevilme gereksinimi duyacağız.

♥

Bir insan hayranlık duyup sevebildiği sürece
sonsuza kadar genç demektir.
PABLO CASALS

SEVDİKLERİMİZİ İNCİTME ÇELİŞKİSİ

EN çok sevdiğimizi en çok incitmemiz sevginin bir çelişkisidir. Sürekli olarak sevdiklerimizin kusurlarını düzeltir, kararlarından kuşku duyarız. Kimi zaman onlara kendimize yüklediğimizden daha yüksek standartlar yüklemeye kalkışırız. Sevdiklerimizin olabileceklerinin en iyisi olmalarını istemek bir kusur değildir; ancak bunu sürekli bir eleştiriyle asla elde edemeyiz.

Birkaç yıl önce bir öğretmenin sınıfındaki öğrencilerle ilişkisinin bir video analizini yapmıştık. Sonuçları inceleyince, kadının öğrencilerine çok düşkün olmasına karşın onlara karşı tutumu hemen hemen tümüyle olumsuz çıktı ve bundan en çok şaşıran da kendisi oldu - 'yapılması yasak' şeyler listeleri her yanıbaşındaydı, yazılı ödevlerdeki yanlışlar kırmızı kalemle işaretlenerek daha da göze çarpıyordu ve kadının konuşmalarında hep çocukların eksiklikleri ortaya vuruluyordu.

Eleştiri basitçe verilip alınamayacak karmaşık ve ustalık isteyen bir sanattır. Yapıcı olabildiği gibi yıkıcı da olabilir. Bir daha, "Senin sorunun..." diye söze başlarken bir an düşünüp bunu neden yaptığımızı soralım kendi kendimize. Bu sözü söylemenin gerçekten olumlu bir nedeni var mı, yoksa suskun kalmamız daha mı iyi olur? Eğer eleştirimizi yaparsak bir insanı küçültmekten ya da bir sevgili kaybetme dışında ne kazanmış olacağız?

♥

Sevgi, nefretin söndürdüğünden daha çok ateş yakar.
ELLA WHEELER WİLCOX

SEVGİ VE HEVES

YETİŞKİNLER çocukları kıskanırlar. Çocuklar doğal olarak her konuda o kadar meraklı ve heveslidirler ki. Çoğumuz çocukluğumuzun duygularını hatırlarız. Bir saat boyunca otlar üzerine uzanıp bir böceğin topraklar arasında ilerlemesini ya da başımızın üstünden geçen bulutları seyrettiğini kim unutabilir ki? Merakımızı ve hevesimizi çeken onca şey varken eğlendirilmeyi düşünmezdik bile.

Büyüdükçe yaşam bizi daha az etkiler. Çevremizde hep heyecan duyacak bir şeyleri kalmayıp sıkıntıdan esneyen büyüklere rastlarız.

Yaşama duyduğumuz hevesi yeniden canlandırmak için çocukluğa dönmemize hiç gerek yoktur. Gereken tek şey, sıradan olan her şeyde bir neşe kaynağı ve her anda bir serüven bulan küçük bir parçamızı yeniden kullanmaktır. Bu, kalın bir sıkıntı kabuğu altında olsa bile hepimizin içinde capcanlı durmaktadır.

♥

Ben yaşama tutkunum. Yaşamın değişikliklerini, rengini,
hareketlerini severim. Konuşabilmek, görebilmek,
duyabilmek, yürümek, müziğe ve resme sahip olabilmek...
bir mucizedir bütün bunlar.
ARTHUR RUBİNSTEİN

Bilgi cahillikten geçer, o nedenle bilmediklerimiz cesaretimizi kırmamalıdır

GEREKSİNİM BAŞARI DOĞURUR

BİR şeyi gerektiği kadar kuvvetle istediğimiz takdirde onun bizim olacağını anlatan eski bir deyiş vardır: irade olan yerde, yol da olur. Eğer yalnızsanız, bunu hafifletecek bazı şeyler yapabilirsiniz. Sevgide bazı sıkıntılarınız varsa, bunları çözümleyecek adımlar atabilirsiniz. İçimizde düzelecek güç vardır ama bunun için irademiz de olmalıdır. Çözümler gereksinimlerin hemen ardından gelirlerlerse de, kendiliklerinden ortaya çıkmazlar. Gerçekten bir şeyler yapma isteğinden doğar bunlar.

Uzun süreli ilişkiler kurup sürdüremediklerinden yakınan sevgililerden acı mektuplar alırım. Benden, Abby Teyze'den, doktorlardan ve din adamlarından çözümler arayan bu kişiler kendileri hiçbir şey yapmazlar. Çıldıracak raddeye geldiklerini, çıkmaz yolun sonunda olduklarını, umutsuz ve çaresiz olduklarını söylerler -güçsüzlüklerini doğrulamak için o kadar elverişli sözcükler bulurlar ki. Gerçekte bu insanlarda içinde bulundukları durumdan kurtulmak için gerekli irade yoktur. Bir şey yapılmasına gereksinim olduğunu söylerlerse de, gereken değişimi yapmaya, ödünü vermeye, hatta özveride bulunmayı reddetmektedirler.

Sevgi her zaman uzanıp almak üzere oradadır. Bütün sorun şudur: biz onu, gereken ruhsal araştırmayı ve çabayı gösterecek kadar istiyor muyuz, yoksa sadece kendimizi mi aldatıyoruz?

♥

İstediğiniz her şeye sahip olabilirsiniz... eğer onu yeteri kadar istiyorsanız. Eğer istediğinizde kararlılıkla inat edecek olursanız istediğiniz her şey olabilir, istediğiniz her şeye sahip olabilir, başarmak istediğiniz her şeyi başarabilirsiniz.
ROBERT COLLİER

SEVGİ ETİKETLENDİRMEYİ
KABUL ETMEZ

BASİT bir ottan söz eden Emerson, "hassaları henüz keşfedilmemiş bir bitki" demiştir. Şu ya da bu nedenle sevgi ve dikkatimize değmez bulunarak acaba kaç kişi otları görmezlikten gelmiştir, merak ederim. İlişkiye girdiğimiz, yakın olmayı seçtiğimiz insanlar kişisel seçimlerimizdir. Öyle de olması gerekir. Ancak bence, eğer etiketlere ve insanları kendimizden uzak tutmak için söylediğimiz mazeretlere daha inceleyici bir gözle baktığımız takdirde dünyamız daha çok ilginç ve daha az sınırlı olacaktır. Bunu yaparsak, bize elverişli gelen bu sınıflandırmanın kafamızın içinde durmadan tekrar tekrar çalınan modası geçmiş plaklar olduğunu göreceğiz.

İnsanları uygun kategorilere sokma çabamızın sonunda onların değerlerini küçültür, ya da mantıklı bir neden olmadan onları dışlarız. Farklı olan insanları kendimizden uzak tutmak için yaşı, cinsiyeti, toplumsal durumu, parasal durumu, rengi, milliyeti ve daha bir sürü şeyi kullanırız. Kuşkusuz bu bizi bağımsız düşünmekten, her bireyi ayrı, kendine özgü ve ilgiyi hak eden bir kişi olarak görme zahmetinden kurtarır. Oysa rastladığımız her kişinin kendisine verdiğimiz değerden daha fazlasına lâyık olabileceği de geçerlidir. Kim bilir? Belki de onların ot değil de değerine varabilecek kadar üzerinde durmadığımız çiçekler olduğunu görerek şaşırırız da.

♥

Bağnazın zihni göz bebeği gibidir; üzerine
ne kadar ışık düşerse, o kadar küçülür.
OLİVER WENDELL HOLMES, Jr.

SEVGİNİN YAŞI YOKTUR

SEVGİNİN yaşla hiçbir ilgisi yoktur. İnsanlar sadece belirli yıl yaşamakla yaşlanmazlar. Yaşlanmak bir davranıştır, zihnin bir faaliyetidir. Eğlenme duygumuzu kaybettiğimiz zaman yaşlanırız. İdeallerimizden, onurumuzdan, umudumuzdan, mucizelere inanmaktan vaz geçtiğimiz zaman yaşlanırız. Yaşam oyunundan zevk almayı bıraktığımız zaman, yeni karşısında heyecanlanmadığımız, hayallerin meydan okumasına karşı çıkmadığımız zaman yaşlanırız. Dünyanın zenginliğini kutladığımız, sevdiğimizin sesindeki kahkahayı duyduğumuz ve kendimize inanmaya devam ettiğimiz sürece yaşlanmak önemsizdir.

Sevgi o çok aranan Gençlik Pınarıdır. Sevdiğimiz sürece genç kalırız. Ölüm yaşamın gelişmesinin sadece son aşaması olarak kalır. Yeryüzünde geçici konuklar olduğumuzu unutmamak gerekir. Bir yüzyıldan az bir süre, yaşamak için fazla uzun değildir, ama önemli olanın sevgi olduğunu öğrenmeye yetecek kadar uzundur yine de.

♥

Herkes yaşamının tüm günlerini yaşayabilse.
JONATHAN SWIFT

GEREKLİ KAYGI

KAYGININ her ne pahasına olursa olsun kaçınılması gereken, yapıcı ve üretici bir yaşam biçimini engelleyen bir durum olduğuna inanırız. Gerçekte kaygının belirli sınırlar içinde olumlu bir değeri vardır. Yaşadığımız karmaşık dünyada kaygıdan kaçınılamaz, ancak kaygı, kendini bir huzursuzluk ya da korku biçimi olarak göstermesiyle bizi bazı sorunları ortaya çıkmadan önce sezmemize ve hazırlıklı olmamıza yardım edebilir. En basitleri dışındaki bütün eylemlerin öncesinde sağlıklı bir derecede kaygı yatar. Fiziki bir ağrı gibi bu da olumlu eylemin öncesinde gelen bir uyarı sistemi olarak işlev görür. Sorunlar ancak kaygımızın mantığımızın üstüne çıkmasına izin verdiğimizde ortaya çıkar. Ama bunu normal bir insani davranış olarak görürsek, o zaman bütün ruhsal gelişmenin çıktığı eylemlerin ilk adımı olabilir.

♥

Sorunlar sadece iş giysileri içindeki fırsatlardır.
HENRY J. KAİSER

C. TEYZE İLE L. ENİŞTE'DEN BİR SEVGİ DERSİ

BEN çocukken L. Enişte ile C. Teyzenin aşklarının hikayesini anlatırlardı. Evliliklerinden önceki yıl içinde birbirlerini sadece okyanus ötesinden gönderdikleri mektuplarla tanımışlardı. Eniştem yıllardır Amerika'daydı; teyzem ise tüm yaşamını kuzey İtalya'da küçük bir köyde geçirmişti. Eniştem teyzemi Amerika'ya yeni göçmüş olan dayım aracılığıyla tanımış, sonra da ona mektup yazmaya başlamıştı. Mektuplarının ve birbirlerine gönderdikleri bir tek fotoğrafın ardından evlenme teklifi ve birlikte daha iyi bir yaşam hayali gelmişti.

Bundan, tam elli beş yıl süren bir aşk hikayesi doğmuştur. Annem onların ilk kez karşılaşmalarını ve herkesin ne kadar heyecanlı ve ne yapacağını bilemez durumda olduğunu anlatırdı. O tren istasyonundan birlikte bir yaşama doğru adım atan iki yabancıyı görür gibi oluyorum. Bizim bildiğimiz anlamda aşık olma fırsatını bulmamış olan iki insan. İlk aşkın o ruhsal duyguları, dizleri titreme, iştahını kaybetme gibi hiçbir şey yok.

Bunun yerine bir evliliğe her birinin verebileceği ve paylaşacağı şeyi vermek ve bunu yürütme kararlılığı. Olanaksız beklentiler yerine, bir takım düzenlemeler yapılacağı, zamanla birbirlerini sevecekleri umudu -ki bu olmuştur- konusunda sözsüz bir anlayış.

♥

Sevgi bir taş gibi yerinde oturmaz. Onun
ekmek gibi sürekli ve hep yeniden yapılması gerekir.
URSULA K. LEGUİN

FARKLILIĞIN DEĞERİ

FARKLILIKLARINIZA karşın değil, onlar nedeniyle sizi sevecek kişiyi bulursanız yaşamınızın sonuna kadar sürecek bir sevgi bulmuş olursunuz.

Pek çok bakımdan başkalarına benzeyen ve bazı bakımlardan da hiç benzemeyen insanlar olmamız iyi bir şeydir. Bizi biz yapan ve ne yönde gelişip değişeceğimizi belirleyen bu farklılıklardır. Normal olmak, benzersizliğimizi terk edip herkes gibi olmak demek değildir. Sadece bizde olanlardan gurur duymaktır. Aslında bizi başkalarına karşı çekici yapan ve kendilerine sunacağımız en sevgi dolu armağan da budur.

♥

İnsanlara oldukları gibi davranırsak, onlar da oldukları gibi kalacaklardır. Ama onlara olabilecekleri gibi davranırsak, kendilerini aşabileceklerdir.
G.T. SMITH

**Yaşam, sahip olduğumuz
en büyük şeydir
ve sevgi de onun en
büyük doğrulanmasıdır**

SEVGİ VE KÜLTÜREL ZENGİNLEŞME

SANATIN başlıca rolü yaşamımızı zenginleştirmek, bizi sıradanın ötesine baktırmak, nesneleri görmenin yeni yollarını açıklamak, ruhun kapılarını anlamamızı sağlamaktır. Yaşam kimi zaman çok asık yüzlü olabilir. Kimi günler kendi sıradan varlığımızın üstüne çıkamayız, yaşamda zihinlerimizin kısıtlı alanında yaşanacak şeylerden çok daha fazlasının olduğunu unuturuz. O nedenle, eğer görüş alanımızı genişletip yeni dünyaları sevdiklerimizle paylaştığımız takdirde aramızdaki özel bağı daha da güçlendireceğimizin bizlere hatırlatılması gerekir.

Bir güneş batışını birlikte seyretmek, akşamın alaca karanlığında uzayan gölgeleri görmek, ne kadar çok yaşanırsa yaşansın, insanı tazelendirir ve yeniler. Uçan kazlara şaşmak ya da bir salyangozun ağır ağır ilerlemesini seyretmek bizi esrarengiz biçimlerde zenginleştirir. Müzik de bizim kendimizin yarattığı sözlü tuzakları deler geçer, sözle ifade edilemeyen bilinç düzeylerine erişir.

Mozart, müziğiyle bizi ince renklere boğar. Wagner çevremizi bir güçle sarar. Vivaldi bizi arındırır. Rothko'nun renkli, Van Gogh'un cüretli ya da Tintoretto'nun altın renkli tabloları sevdiklerimize uzanan evrensel köprülerdir.

♥

Güzelliği görme yeteneğini kaybetmeyen asla yaşlanmaz.
FRANZ KAFKA

SİZ YETERLİSİNİZ

BİZDE şundan şu kadar fazla, ya da şundan şu kadar eksik olduğu için sevilmediğimiz düşüncesine kurban gitmemeye çalışmalıyız. Olduğumuz gibi gayet iyiyiz. Yaşam çeşitlilik demektir. Uzun ya da kısa boyluları, kumralları, sarışınları, zayıf ya da şişmanları, suskun ya da konuşkanları seven pek çok insan vardır. Nasıl olduğumuz hakkında ne kadar az mazeret söylersek uzun süreli sevgiyi o kadar garanti altına alırız. Sabrederek bizi seven insanları buluruz. O zaman yapaylıktan ve sahtecilikten uzak bir yaşantımız ve olduğumuz insanı olma özgürlüğümüz olur.

♥

Değişiklikte bir yükselme olmadığı takdirde mutluluk getirmez. Bu nedenle mutlu insan, doğrudan doğruya mutluluğu aramaya kalkmayıp kendini bulma yolunda ileri giderken ek bir ödül olarak mutlaka sevinci bulur.
PİERRE TEİLHARD DE CHARDİN

KENDİNE SADIK OLMAK

ÇOĞUMUZ için kendimize sadık olmak birtakım güçlükleri içerir. Böyle yaparak kendimizi alayla, daha da kötüsü, reddedilmeyle karşı karşıya bırakacağımızı düşünürüz. O yüzden işi sağlama alırız. Arkasına saklanacak küçük umursamazlık oyunları düzenler, maskeler yaratırız. Bilmiş ya da ilgisiz davranarak bu görüntülerin bizi keskin gözlerden koruyacağını umarız. Ve bunu, yapaylıklarımızı kabul etmeyecek biri olduğu umudumuza karşın yaparız. Ne gariptir ki, bizim örtmeye çalıştığımız kişiliğimiz başkalarının aradığı kişidir. Gerçek biz, yaratabileceğimiz herhangi birinden çok daha iyidir. Sevilmenin gerçek ölçüsü kim olduğumuzu başkalarına göstermekten korkmamaktır. Böyle yaparak, görüntü olarak kaybettiğimizin on katını güven ve saygı olarak geri alırız.

Bir romancının karakterlerinden birinden "bir insandan çok bir iç savaş" diye söz ettiğini hatırlıyorum. Gerçek kimliğimizle, sevilmek için nasıl olmamız gerektiği düşüncemizdeki bizle savaşmış olanlarımız bu karakterle bir özdeşlik duyacaklardır.

Yaşamımızda sevgiyi bilmek istiyorsak bizden uzak tuttuğumuz ve kendimizi korumaya çalıştığımız kimselere kendimizi açıklamaya hazır olmalıyız. Aslında saklayacak hiçbir şey yoktur.

♥

Yüzeyselliğin ve oyunların ötesine geçecek kadar
birbirlerine düşkün, tüm kalpleriyle karşılık vermeye, dinlemeye,
tümüyle açık olmanın riskini göze almaya hazır insanların
arasındaki o enerji akışı nasıl da bir mucizedir.
ALEX NOBLE

SABIR

DOĞA bizlere bizi şaşırtan ve sevindiren sonsuz bir bitki çeşidi sunar. Onlar konusunda bir yargıya varmanın gülünç olacağını biliriz. Bizim yapılması gerektiğini sandığımız bir zamanda bir tomurcuk ya da yaprak açmaları için onlara söylenmeyiz. Onları bir bahçede olup da daha başarılı olduğuna inandığımız başka bitkilerle de kıyaslamayız. Onlar için doğal olanı yapmalarını, kendi düzenlerine göre büyüyüp çiçek açmalarını bekleriz.

Sevdiğimiz insanlara da, hele nasıl güçlüklerle uğraştıklarını tam olarak bilemeyeceğimizden, aynı anlayışı göstermek mantıklı olur. Çok iyi niyetle de olsa, onların "büyümesi" ve "mantıklı olması" için sabırsızlığımız bunun basit bir konu olduğunu ima eder. Yani sözü, onların bizim isteğimizle değişebildikleri ve değişmeleri gerektikleri anlamına getiririz.

En sağlıklı bazı bitkilerimi koruyabilmemin tek nedeni, çok uzun zaman önce onların gelişmelerini istediğim takdirde kendi doğalarına göre yaşamalarına izin vermem olduğunu anlamış olmamdır. Bazılarının titiz bir bakım sonunda sabırla uzun zaman bekleyip de tam pes ettiğim sırada, benim değil, kendilerinin hazır olduğu zaman açtıklarını görmüşümdür. Onlar sadece kendi vakitlerini bekliyorlardı.

Kimi zaman da sevdiklerimize en iyi hizmet sadece yanıbaşlarında olmak, sessiz olmak, sabırlı olmak, umutlu ve anlayışlı olmak ve beklemektir.

♥

Her şeyin anahtarı sabırdır. Civcivi, yumurtaları kuluçkaya
yatırarak elde edersiniz... kırarak değil.
ARNOLD GLASOW

103

SEVGİ ÖZGÜRLEŞTİRİR

PEK çok kimse bir aşk ilişkisinde bağlılığı kişisel özgürlüğünden vaz geçmek ya da onu azaltmak olarak görür. Bu, insanın kendi özgürlük görüşüne bağlı olarak, doğru da olabilir, yanlış da.

Aşk bazı özgürlükleri garanti eder: arasıra öfkelenmek, hatta seyrek olarak da herhangi bir iz bırakmayacağından emin olarak patlamak özgürlüğü; saygınlığımızı kaybetme korkusu olmadan kusurlu olma özgürlüğü; ihtiyaç anımızda terk edilmeyeceğimizden emin olarak değişme ve ilerleme, ya da sendeleme ve yenilme özgürlüğü. Sahip olduğumuz pek çok özgürlük gibi bunlar da doğal kabul edilebilirler. Ancak bunlar diğerlerinin aksine her gün titizlikle korunmalıdırlar.

Yasaklayan bir sevgi, sevgi değildir. Sevgi, ancak özgürleştirdiği zaman sevgi olur.

♥

Özgürlük daha iyi olma şansından başka bir şey değildir.
ALBERT CAMUS

Sevgililer sadece daha
iyiyi ummayı değil,
onu meydana
getirmeyi de öğrenirler

ŞÜKRAN

BEN ilkokuldayken hepimizin kaçık sandığımız bir öğretmenim vardı. Her cuma, paydos zilinden hemen önce, sınıfı dolaşır ve her birimize şükran duyduğumuz bir şeyi sorardı. Arkadaşlarım kalkıp da, "Bisikletim için şükrediyorum, Shirley Temple bebeğim için şükrediyorum," dedikçe gülmemek için kendimizi güç tutardık.

Sıra kendisine gelince öğretmenim gözlerini saygıyla kapatırdı. "Gözlerimin gördüğü için şükrediyorum," derdi. "Kulaklarım duyduğu için, bacaklarım yürüdüğü, zihnim düşündüğü, parmaklarım dokunduğu için şükrediyorum." O zaman onun aklından zoru olduğunu düşünürdük. Ama artık daha yaşlıyım ve biraz da yorgunum; sabahları uyandığımda gözümün ve kulağımın sağlam olması ve hâlâ zevk alarak kilometrelerce yürüyebilmeme şükrederim. Bu harika şeylere sadece şükretmekle kalmayıp şükranımı her fırsatta belirtmekten de kaçınmam. Sonunda öğretmenimin ne demek istediğini anladım artık.

Yıllar önce Tayland'da bir Budist öğretmenim vardı; adam öğrencilerine her zaman şükredilecek bir şey olduğunu hatırlatırdı. Şöyle derdi: "Kalkıp şükredelim, bugün çok şey öğrenmediysek de, az bir şey öğrenmişizdir. Az bir şey bile öğrenmediysek, en azından hasta olmadık. Hasta olmuşsak bile, en azından ölmedik. O yüzden hepimiz şükredelim."

♥

Bir insanın borçlu olması... bir erdem değildir;
borcunu ödemesi erdemdir.
RUTH BENEDİCT

SEVGİYİ TAHLİL ETMEK

GÜNÜMÜZDE her şeyi tahlil etmek neden bu kadar önemli oldu, bilemiyorum. Biri, "Seni seviyorum," deyince bunun ne demek olduğunu incelememiz gerektiğine inanıyoruz. Gerçekten ne söylediğini ve ne hissettiğini öğrenmemiz gerekir sanıyoruz. Birinin neden şöyle dediğini, neden böyle yaptığını anlamak için saatlerce uğraşıyor, olduğu kabul edilmesi daha doğru olacak şeyleri mikroskop altına sokuyoruz.

Bir şey ya da bir kişi hakkında bir şeyler bilirsek, onları daha iyi anlayabileceğimiz doğrudur. Ama bir şey hakkında her şeyi bilemeyiz. En derin duygular, düşünceler ve hareketlerle dolu bir yaşamdan sonra bile şeylerin anlaşılmaz kalmasında belirli bir sihir vardır.

Sevmek hakkında bilmemiz gerekenler büyük bir esrar değildir. Hepimiz seven bir davranışın ne olduğunu biliriz; sürekli bunu sorgulamak yerine, onun gerektirdiği davranışta bulunmalıyız. Aşırı inceleme genellikle konuyu karıştırır ve sonunda bizi daha iyi bir görüşe yaklaştırmaz. Kimi zaman sınıflandırmakla, ayırıp incelemekle o kadar zaman harcarız ki, sevmenin kolay olduğunu unutuveririz. Durumu karmaşık yapan sadece bizleriz.

♥

Bir insan bir şeye inanarak yaşar, pek
çok şeyi sorgulayıp tartışarak değil.
THOMAS CARLYLE

GEREKSİNİMLERİ İFADE ETMEK

KİMSENİN tek başına acı çekmesi ya da ağlaması öngörülmemiştir. Ancak aramızda çok kişi ihtiyacımız olan yardımı isteyeceği yerde yıllarca sessizlik içinde acı çeker. Aslında hiçbir şey söylemesek de, başkalarının acımızı fark etmelerini isteriz. Yardım aramamız zayıflıktan değil, duygusal gücümüzden kaynaklanır. Acımızı saklı tutmak için başvurduğumuz her şeyden, reddedilmekten, alay edilmekten korkumuzu yenmemiz gerekir; aksi halde asla ihtiyacımız olan desteği bulamayız.

Yardım ararken aslında bir kompliman yapmış olmaktayız. Bir başkasına, bu çok sıkıntılı anımızda, bize yardım edebileceğine güvendiğimizi ortaya koyarız böylece. Onlardan beklediğimiz çözüm değildir. Biz onlardan sadece yanıbaşımızda olmalarını, kendi çözümümüzü ararken ihtiyacımız olan geçici desteği vermelerini istemekteyiz.

Sağlıklı bir, "Sana ihtiyacım var," sevginin önemli bir ifadesidir.

♥

Gerçekten büyük adamlığın ilk sınavının
alçakgönüllülük olduğuna inanıyorum.
JOHN RUSKIN

SABRI ÖĞRENMEK

SABIR kültürümüzde fazla geliştirilmiş bir huy değildir. Sabrederken bile sabırsızlık ettiğimizi görürüz. Eylemi ve yanıtları şimdi isteriz. Yaşamımızı şu anda değiştirmek isteriz. Üne şimdi kavuşmak isteriz. Doğru hareketi, doğru yanıtı ve sürekli değişimi istersek genellikle beklememiz gerektiği gerçeğini görmezlikten geliriz. Dikkatli bir inceleme, düşünceli bir hesap ve sakin bir düşünce zaman alıcı şeylerdir.

Bu, özellikle sevgi için geçerlidir. İdeal ilişkilerde kusursuz sevgililer olmak ister ve bunu derhal isteriz. Umulan ilişki hemen olmazsa, bu süreç için gerekli zamana, dayanıklılığa ve inata boş verip hemen kapıya yürürüz. Sabırda acıya dayanmak, gecikmeye katlanmak ve işler sarpa sardığında inat etmek isteği vardır. Bunun ödülü, güçlenen ilişkiler ve karşılık olarak görülen sabırdır. Sonsuza kadarın gerçek kumaşı sabırdır.

♥

Değerli olan şey beklenmeye değen şeydir.
ANONİM

BİZ, DÜŞÜNDÜĞÜMÜZ VE İNANDIĞIMIZ ŞEYİZ

YILLARDIR tanıdığım biri hep bir bunalım arifesinde yaşar. Kadın dünyanın zalim ve acımasız bir yer olduğuna, felaketin köşenin hemen öteki yanında beklediğine ve kendini bir an boş bırakırsa üzerine atlamaya hazır olduğuna inanır.

Bir piknik planladığı takdirde yağmur yağacaktır; telefon çalarsa kötü bir haber gelecektir; bir telgraf mutlaka bir ölüm haberidir. Ona göre insanlar ya cahil, ikiyüzlü, hilekardırlar ya da bunların hepsini birden kendilerinde toplamışlardır. Ebedi iyimser bir insan olan beni de saf ve sözüne inanılmaması gereken biri olarak görür.

Ve bir kehanet gibi, kötü yaşam görüşü, insanları küçük görmesi ve felaket beklentisi çoğunlukla da gerçekleşir. Zaten başka türlü olsaydı yaşayabileceğini sanmam.

Sevgi aptal değildir. Yaşamın karanlık yüzünü de görür. Ama kendi selameti için olumsuzluğu sürekli bir sığınak yapmaz.

♥

Durumun kötü olacağını söylemeye devam ederseniz
kâhin olma şansınız vardır.
ISAAC SİNGER

SEVGİ KAYNAĞI OLARAK YALNIZLIK

BİZİ seven ya da iyiliğimizi isteyen çok insan olsa bile, aslında gerçek anlamıyla yalnız olduğumuzu hatırlamak yararlıdır. Bizi ne kadar sevse de, kimse bizi, korkularımızı, umutlarımızı, hayallerimizi tam olarak anlayamaz. Biz kendi kendimiz için bile yabancıyız ve çoğumuz kendimizin gerçekten kim olduğumuzu anlamak için bir yaşamboyu uğraşırız.

Bu yabancılaşma büyük bir yalnızlık kaynağı olabilirse de, olmasına gerek yoktur. Gerçekte bu, kendimizi açıklama yoluyla korkularımıza karşı çıkmanın bir yoludur. Kendi benliğimizin derinliğine inmeye hazır olduğumuz takdirde kim olduğumuzu bilebiliriz. Diğerleri ancak biz kendimizi açıklamayı göze aldığımızda gerçek bizi tanıyabilirler.

Yalnızlığımızı kabul ederek sevginin gerçek değerini ve neden onsuz yaşayamayacağımızı anlamaya başlayabiliriz.

♥

Yalnızlık ve istenmeme duygusu en feci yoksulluktur.
TERESA ANA

Sevginin hassas olarak ünlenmesinin nedeni çok uzun zaman amatörlerin elinde bırakılmış olmasındandır.

SEVGİDE UYUMLULUK

BİLİMİN en temel öğretilerinden biri, uyumun sağ kalmanın anahtarı olduğudur. Arzularımızı sevdiklerimizin ihtiyaçlarına uyum gösterecek biçimde değiştirmemizin gerektiği sevginin de temel ilkesi budur. Onların refahı ve mutluluğu bizimki kadar, hatta belki ondan da üstün olmalıdır. Davranışlarını değiştirmek ya da uydurmak istemeyen insanlar ödüne psikolojik bir zayıflık olarak bakarlar. Zorla bir şeye boyun eğmekle, aynı şeyi isteyerek yapmanın arasındaki büyük farkı görmezler bunlar. İnsanlar birbirlerini sevdikleri zaman vermek çok önemli bir şeydir. Üstünlük ya da kontrol olarak kaybettiğimizi sandığımız şeyin karşılığında güvenlik ve huzurlu birlikte yaşama olarak on kat fazlasını kazanırız. Ödün vererek bir şey kaybetmez, ama çok şey bulursunuz.

♥

İnsan kimin yaptığına önem vermeyecek olursa
dünyada pek çok şey yapılabilir.
BİR CİZVİT DEYİMİ

SEÇİM

CANLI bilgisayarlardan başka bir şey olmadıkları, üzerlerinde hiçbir kontrolları olmayan programcılar tarafından yönetildikleri hayaline kapılanlar ne sevgiyi ne de yaşamı tam olarak bilemeyeceklerdir. Biz eşimiz ya da benzerimiz olmadan doğarız. Ruhumuz, karakterimiz ve zihnimiz sadece bizimdir. Bu nitelikleri geliştirirken kimi zaman bizi benzerleri yapmak isteyen acımasız ve düşüncesiz insanların eline düşeriz. Ancak seçim yapma özgürlüğümüze inandığımız sürece, güvence altındayız demektir. Bu büyük güç, hep seçilmek yerine seçme gücü, sonsuza kadar bizimdir.

Yine de bize güçsüz ve piyondan farksız olduğumuzu söyleyecek insanlar olacaktır. Bunun gerçekliğini kabul ya da red elimizdeki bir başka seçimdir.

Kimliğimizi, inandıklarımızı ve kendimizin amaç ve hedef olarak gördüğümüz şeyleri değiştirme özgürlüğüne sahip olduğumuza inanacak kadar başarılı örnekler vardır çevremizde. Sevmeyi ya da nefret etmeyi, mutlu ya da mutsuz olmayı, özgür ya da baskı altında olmayı, bağışlayıcı ya da buruk olmayı seçebiliriz. Özgürlüğe sahip olmak, yapılan seçimlerin sorumluluğunu almayı da içerir. Sonuçta, yaşamlarımızdan ve nasıl yaşayacağımızdan bizler sorumluyuz.

♥

Her zaman seçim hakkım olduğunu ve bunun kimi zaman sadece
bir davranış seçimi olduğunu öğrendim.
JUDITH M. KNOWLTON

SEVGİDE TEK BAŞARISIZ OLDUĞUMUZ ZAMAN BAŞARISIZLIĞIMIZI BAŞKALARINA YÜKLEDİĞİMİZ ZAMANDIR

HİÇ birimiz sevgide kusursuz olarak doğmadığımız için kendimizi aptal yerine koymaktan kurtulamayız. Sevgi, öğrenilmek ve üzerinde gelişmeler yapılmak üzere her zaman var olacaktır. Eğer yanlışlarımızı ve başarısızlıklarımızı kabul edersek onları geri çekilme nedenleri yerine değişiklik için aracı olarak görebiliriz.

Başarısızlığımızın suçunu bir başkasına yüklediğimiz zaman gelişme fırsatlarımızı kısıtlamış oluruz. (Suç her zaman 'kendisinin' olduğu takdirde kimin gelişmeye ihtiyacı olur ki?) Böyle bir davranış insanın kendi kendini yenilgiye uğratmasıdır.

Kendimizi sevilmeyen ve sevmeyen biri olarak buluyorsak kabahat yine bizdedir. Sevgide başarısızlık diye bir şey olamaz. Sevgide başarısızlık ancak başarısızlığımızı başkasına yüklediğimiz zaman olur.

♥

Bir insan başarısızlıkları için başkalarını suçluyorsa, başarılarının şerefini de başkalarına vermesi iyi bir fikirdir.
HOWARD W. NEWTON

Sevgiyi elden kaçırmakla
ne kaybettiğimizi
sadece onu yaşamış
olmakla anlarız

SORU SORMAYI BIRAKIP
SADECE SEVİN O ZAMAN
SEVGİNİN SIRRINI ÇÖZMÜŞ
OLURSUNUZ

SEVGİ gibi karmaşık ve tüketici bir şey karşısında sağgörülü davranmamız beklenmeyen bir şey değildir. Bu özellikle, sevginin bize her nasılsa bir haksızlık etmiş olduğunu düşündüğümüz zaman anlaşılabilir bir şeydir. Ego yaraları çok daha uzun sürede iyileşir, hele yenilgiyi ve başarısızlığı sevilmemizin bir işareti olarak kabul edersek. Sevgiye ilişkin her şeyi ve herkesi sürekli analiz etmek bizi doğru kararlar vermekten alıkoyar. Sonunda da bizi hareket edemez hale getirir. Mikroskopik araştırmalar kimi neden ve nasıl sevdiğimize bir yarar getirmez.

Bir kadın okurum bana aşık olma konusundaki sorunlarını yazmıştı. Sözkonusu ilişkinin olası yolunu analiz ettikçe bir karara varması da o kadar güçleşiyordu. "Belki de soru sormayı bırakıp severek yanıtlara ulaşmalıyım," diyordu. Belki.

♥

Karar vermemek karar vermektir.
HARVEY COX

KAYBETME

Sevmenin temel yanlarından biri bir başka insanla derin bir birleşmeye girme isteğidir. Sevdiklerimizin ayrılmaz bir parçası olmayı istememiz doğaldır. Ancak ruh ve bedenen iyi tanıdığımız takdirde onlara mutluluk getireceğimize inanırız.

Ancak bir insanla böylesine bir ilişkiye girerek kendimizi kaybetmemiz tehlikesi vardır. Böyle yaparak bizi seven herkes için daha az oluruz. Kimliğimizi bir başkasıyla tümüyle birleştirmek geçmişimizi ve bizi biz yapan her şeyi inkar etmek olur. İki ayrı bireyin isteyerek bir araya gelmelerinden doğan bir sevgi ilişkisi daha başarılıdır. Birbirlerine olan bağlılıkları ve duydukları saygı nedeniyle, ikisinden de apayrı olan yeni bir kimlik yaratırlar böylece - bu da her ikisinin birer parçası oldukları ilişkileridir.

Yeni ilişkiler her zaman çok narindir; yaşayabilenler ya zarafetle yaşlanırlar, ya da sadece yaşlanırlar. Buradaki fark kişisel bütünlüklerini koruyan, aynı zamanda çabalarını ve bireyliklerini sevgilerine biçim vermek için birleştirmeye hazır iki insandadır.

Her yeni ilişkiyle kendimizden bir şey vermemizin gerekli olduğunu göreceğiz, ancak bu arada kendimizi tümüyle kaybetmemek için de hep dikkatli olmalıyız.

♥

Kendimiz yerine sevgiyi seçtiğimizde ölçüsüz derecede kazançlı çıkacağımızı gösteren pek çok örnek vardır.
CHARLES FİELD

SEVGİYİ TAM OLARAK ANLADIĞINIZI SANANA KADAR AŞKTA YENİLMİŞ SAYILMAZSINIZ

SAKIN aldanmayın. Sevginin uzmanı yoktur. Ben konuyu yirmi beş yıldır inceliyorum ve hâlâ tanımlamakta bile duraksamaktayım. Kavramla uğraşırken geçen her yılda beni kendinden emin bir aşık yapmaktan alıkoyan yeni yüzlerini keşfediyorum. Resmin tümünü ya da son satırı görmek isteyenler sonsuza kadar düşkırıklığı içinde kalacaklardır. Sevgi konusunda kesin yanıtlar almamız önemli değildir, önemli olan aramaya devam etmemizdir. Sevmek hakkında bilebileceklerimizin tümünü anlamadan ölmek yazık olacaktır; çünkü ben, en sonunda, yaşadığımız sevgiyle yaşamımızın belirleneceğine inanıyorum.

Sevgide büyümeye devam etmek, yeni anlayışlar, heyecanlar ve sürprizlerle dolu sevinçli ve mistik bir yolculuktur. Tüm yanıtları alamazsak bile sonuçta elde edeceğimiz bu yolculuğa değecektir.

♥

Brontozorların soyu tükendi, ama bu onların suçu değildi.
Yaşamaya devam için insanın evrim geçirmesi gereklidir.
JONAS SALK

ÖZVERİ

KİŞİSEL kazanç için özveri doğal değildir ve küçültücüdür. Ancak sevgi ile aydınlatıldığı takdirde özveri kutsallaşır. "Sana o kadar şey verdikten sonra bana minnetini böyle mi gösterecektin?" dendiğini çok sık duymuşuzdur. Bu ve buna benzer acınacak bir sürü söz her sevgi kavramını küçülten şeylerdir. Ortada sanki koşullu bir pazarlık olduğu ve bizden aynı şekilde bir karşılık beklentisi bulunduğu ima edilmektedir.

Sevdiğimiz biri için bir şey yaparsak, özverimiz ne kadar büyük olursa olsun, bu asla koşullu olamaz. Yaptığımızı özgür irademizle, gelecekte bir bedel, borç ya da suçluluk beklemeden yaparız. Özveri sadece bu yolla sevginin sağlıklı bir görüntüsü olur.

♥

Sevgiye karşılık sevgi isteyen, bu alışverişte acıdan
başka bir şey elde edemez.
DİNAH MULOCK CRAİK

SEVGİ BİZİ ÇOĞALTIR

SEVMEK bizi aklımızın ve kalbimizin daha önce hiç keşfedilmemiş ve sevgi olmasaydı asla bilinmeyecek yerlerine gitmemizi özendirir. Kısacası, sevgi bizi kendimize açıklar. Sevgide tehlikeye atılmayı, bir daha denemeyi, eski yollar için yeni davranış seçenekleri aramayı özendiren güvenliği buluruz. Birbirimizi olduğu kadar kendimizi daha derinden keşfederiz. Sevince, kendimiz için tanımladığımız dünyanın kısıtlı olduğunu görür, sadece bir başkasının gözüyle yapılacak yeni algılamalar olacağını fark ederiz. Sevgi yetişmek için en verimli toprağı sunar bize. O toprağı, eski kimliğimizi ve işe yaramayan gözlemlerimizi vermeye istekli olmakla zenginleştirerek besleriz. Buna karşılık olarak da, hem kendimizi daha geniş bir açıdan görür, hem de keşfedilmeye hazır sonsuz olanaklarla dolu bir dünyaya sahip oluruz. Sevgi kör değildir. Kusursuz bir görüşü vardır. Kendimizi daha önce hiç görmediğimiz gibi görmemizi sağlar.

♥

Yanmamış bir lamba ile yanan bir lamba arasında ne fark varsa, seven bir insanın sevmeden önce ve sevdikten sonraki durumunda da aynı fark vardır. Lamba oradaydı ve iyi bir lambaydı, ama şimdi ışık da veriyor (ki, gerçek işlevi de oydu).
VİNCENT VAN GOGH

SADECE BİLDİĞİMİZ SEVGİYİ
VERMEYE VE KABUL
ETMEYE HAZIRIZDIR

Yıllar boyunca duygusal özürlü çocuklarla çalışmak bana büyük bir anlayış sağlamıştır. Bu çocuklardan çoğu sadece sapık sevgi deneyimleri yaşamışlardı. O yüzden sevgi belirtilerinin onları korkutması şaşırtıcı değildi. Sevgi gösterileri yanlış yorumlanıp reddediliyordu. Sevecenlik onları itiyordu. Güvene uzanan uzun yolun, aylarca ve yıllarca süren ısrarlı güvenle inşası gerekiyordu.

Korkmayı öğrendikleri şey, ancak zamanla ve anlayışla sakinleştirici bir şey olarak kabul edilebilirdi; daha önce kışkırtıcı olarak gördükleri şey şimdi rahatlatıcıydı; daha önce nefret edilir olarak kavradıkları şey şimdi güven verici olarak kabul edilebilirdi.

Verebileceğimiz sevgi, kendi deneyimimizle aldığımız sevgiye dayanacaktır. Ama umut vardır. Sevmek, severek öğrenilir.

♥

Sadece kalp için hasat zamanı yoktur.
Sevgi tohumu sonsuzadek yeniden ekilmelidir.
ANNE MORROW LİNDBERGH

Kaygı, yarının acısını almaz, sadece bugünün neşesini götürür

BİR SEVGİ EYLEMİYLE
HARCANMAMIŞ BİR GÜN
KAYBEDİLMİŞ BİR GÜNDÜR

SEVMEK için o kadar fırsatımız olmasına karşın dünyada o kadar az sevgi vardır ki. İnsanlar yalnız ağlamakta, yalnız ölmekteler. Çocuklara kötü muamele edilmekte, yaşlılar son günlerini sevecenlik ve sevgiden uzak geçirmektedirler. Sevgi gösterisine bu kadar çok ihtiyaç olan bir dünyada, yaşamımızdaki insanlara sadece sıcak bir kucaklama ya da uzatılan bir elden daha karmaşık olmayan bir hareketle yardım edecek büyük bir gücümüz olduğunu anlamak çok önemlidir. Avila'lı Teresa şöyle yalvarmaktadır: "Pek çok sevgi eylemine alıştırın kendinizi, çünkü bunlar ruhu tutuşturur ve eritir."

Dünyayı daha iyi, daha sevgi dolu bir yer yapmak için neler yaptığımızı düşünmek için en uygun zaman günün sonudur. Geceler boyunca aklımıza hiçbir şey gelmiyorsa, dünyayı daha iyiye doğru nasıl değiştirebileceğimizi düşünmek için de uygun bir zamandır bu. Öyle çok büyük boyutlu şeyler yapmamıza da gerek yoktur; var olan basit şeyler üzerinde bir şeyler yapmak da yeterlidir: etmediğimiz o telefon, yazmayı ertelediğimiz o not, takdir etmediğimiz o iyilik. İş sevgiyi vermeye gelince fırsatlar sonsuzdur ve bunu hepimiz yapabiliriz.

♥

Sevgi sadece hissedilen bir şey değildir,
yapabileceğiniz bir şeydir de.
DAVİD WİLKERSON

KENDİMİZDEN KAÇINMAK

ÇOĞUMUZ kendimize bir metreden fazla yaklaşmayız. Kim olduğumuz ya da davranışlarımızın nedeni bizi fazla ilgilendirmez. Duygularımıza, düşüncelerimize ya da hayallerimize güvenmeyiz. Kendimizi yakından incelersek Pandora'nın felaket kutusunu bulacağımızdan korkarız.

Kendimizde var olduğuna inandığımız cinlerle yüzyüze geldiğimiz takdirde onları altedebiliriz. Filozof ve psikologların sürekli 'Kendini tanı' çağrılarını duymuşsak da, bunlar o kadar gereksiz gelir ki, bir yabancıyla yaşamaya devam ederiz. Şu halde, kendi kendimizi çözümleyememişsek başkalarının sorumluluklarını yüklenmeye nasıl kalkabiliriz?

Kim olduğumuzu saklayarak, kendilerinin kimliklerini saklayan yabancılara bizi sevmekle mutluluğu bulacaklarını söyleyemeyiz.

♥

Bilginin ilk adımı cahil olduğumuzu bilmemizdir.
LORD DAVİD CECİL

SEVGİNİN BİZİ HUZURLU
YAPMAKTAN DAHA
BÜYÜK BİR AMACI VARDIR

Çoğumuz sevgi için doğduğumuzdan, bunun bize bir sorun çıkarmayacağına inanarak sevgiye pasif tanıklar olmaktan tatmin oluyor gibiyiz. Sevgi huzursuzluk getirdiği ya da bizden isteklerde bulunduğunda, içgüdülerimiz bizi geri çekilmeye zorlar.

Kimse sevmenin kolay olacağını söylemiş değildir. Sevmek, kendi payına düşen karışıklık, düşkırıklığı ve umutsuzlukla dolu sürekli bir aramadır. Aradığımız huzursa, bunun en iyisi ne bir çatışma ne de bir ödün verme gerekliliği duymadan, efendimiz olabileceğimiz kendimize dönmemizdir. Ancak yaşamımıza başkalarını soktuğumuz sürece belirli bir ölçüde bir çatışma olacağından emin bulunmalıyız.

Ancak sevgi de, bir huzur bölgesinden başka bir şey olmadığında, kendine özgü bir küçülmeden nasibini alır. Sevgi iki insanın en basit ihtiyaçlarının karşılanma yolundan daha fazla bir şeydir.

♥

Önce bütün olası itirazların giderilmeye kalkışılması gerektiği takdirde hiçbir şey için çaba gösterilmeyecektir.
SAMUEL JOHNSON

SEVGİYİ İŞLETEN ARAÇLAR

ÇOĞUMUZUN sevgiyi işleten araçlardan haberi yoktur. Sevgi daha çok örnekle öğrenildiğinden ve pek az iyi örnek olduğundan bunun için kendimizi suçlamamız gerekmez. Ama yine de daha iyi sevebilmek için gerekli araçların kolay bulunabilir olduğu ve zamanın asla geç olmadığını bilmek de güven vericidir.

Aslında, çok basittir. Başlangıç olarak kendimize bize en çok mutluluğu veren şeylerin neler olduğunu sormalı, sonra o şeyleri sevdiklerimize vermeliyiz. Bu, başlamanın çok basit ve çok olağanüstü bir yoludur. Mutluluk için herkesin temelde aynı şeylere ihtiyacı olduğu için yanılmamız da olanaksızdır.

♥

Elimizde olandan verdiğimizde, gerçekten ihtiyacımız olanı
almaya hazırız demektir.
DOUGLAS M. LAWSON

SEVGİ YALNIZLIKLA BESLENEBİLİR

Bir dostum, kız arkadaşının gece gündüz sürekli birlikte olmalarını istediği için ilişkisinin yıkıldığını anlattı. Kendisinin yalnız kalma isteği, kız için ilişkinin tehlikede olduğu belirtisiydi. "Benim de tek başıma kalmaya ihtiyacım vardı," diye anlattı bana. "Bunun onunla hiçbir ilgisi yoktu, ama o bunu bir reddedilme olarak gördü. Eski dostlarımı görmeye ya da yeni dostlar edinmeye çalıştığımda sorun daha da arttı. Kız bu zamanı kendisinden çalınmış olarak görüyordu. Ondan bir an bile ayrılmak istemeyecek erkeği bulacağını umarım. O aradığı ben değildim."

Doğrudur, gerçek aşkın belirtilerinden biri de birbirimize asla doymamamızdır ve zamanı birlikte paylaşmak kadar harika bir şey olamaz diye düşünürüz. Ancak birini ne kadar seversek sevelim, ondan ayrı olacak bir zaman da bulmalıyız. Birlikte büyümek istiyorsak, ayrı ayrı büyüyecek zamanımız olmalıdır.

♥

Birbirinizi sevin ama sevgiyi esaret yapmayın. Sevgi
ruhlarınızın kıyıları arasında gidip gelen deniz olsun.
Birbirinizin kadehini doldurun ama bir tek kadehten içmeyin.
Birbirinize ekmeğinizi verin ama aynı dilimi yemeyin. Birlikte
şarkılar söyleyip dans edin ama her biriniz yalnız olun.
KAHLİL GİBRAN

BAĞLANTI KURMAK

İKİ yabancı karşılaşıyorlar. İkisinin de birbirlerinden ayrı geçmişleri var. Her ikisi de dünyayı kendilerine özgü bir biçimde algılıyorlar. Korkuları ve düşkırıklıklarıyla baş etmek için özel teknikler öğrenmişler. Buluşmaya sınırsız olasılıklarla olduğu kadar ağır sınırlılıklarla geliyorlar. Sevgileri kendilerini birbirlerine anlatmaya hazır ve istekli oldukları sınırına kadar başarılı olacaktır. Aslında bu kolay olmalı; birini sevdiğimiz zaman bu açıklama için gerekli güvenlik ve huzuru hissederiz çünkü. Bunu ne kadar ileri götürebilirsek, yapmacık ve karmaşıklığın yıkıcılığı arasında o kadar doğal bir yol açabiliriz.

♥

Gezegenler arası iletişim gerçekleşecek olsa bile, bizi daha büyük bir proje beklemektedir. Bu da insanların birbirleriyle, hemen şimdi iletişim kurma ihtiyaçlarıdır.
NORMAN COUSINS

131

AŞIKLAR KENDİ
KENDİLERİNİ BAĞIŞLARLAR

EĞER bana benziyorsanız, kendi telefon numaranızı unutabilirsiniz ama geçmişte yaptığınız yanlışlıkları asla unutmazsınız. Bu anıların, yıllar sonra bile, günümüzü bulutlandırmalarına izin vererek bu durumu daha da ağırlaştırırız.

Örneğin çocuklarını büyütürken yaptıkları yanlışlar için ömürlerini suçluluk içinde geçiren ana-babalar vardır. İşlerinde, toplumda ya da kişisel durumlarda yanlış karar verip de pişmanlıktan göğüslerini parçalanana kadar yumruklayanlar vardır.

Yapmış olduğumuz yanlışlar için kendimizi aşırı derecede cezalandırmak ilginç bir olgudur. Bu, bizim kendimizin en sert yargıcı ve baş işkencecisi olduğumuzu gösterir. Şu ya da bu zamanda başkalarının bağışlamasına ihtiyacımız olacaktır; ancak kendimize borçlu olduğumuz bağışlama da çok önemlidir. Kendi kendimizi soktuğumuz bu suçluluk ve pişmanlık hücrelerinden çıkma zamanımız gelmedi mi daha? Sevgi, eski yaraları açmak değildir. Onları kapatmaktır. Ayağa kalkıp yaşamaya devam etmektir.

♥

İnsan, sevmeye varacak derecede bağışlar.
LA ROCHEFAUCOULD

Başkalarıyla özdeşleştiğimiz
ve kusurlarımızla yanlış
yapma yeteneğimizi kabul
ettiğimiz zaman
bağışlama kolaylaşır

DEĞİŞMEYENİ DEĞİŞTİRMEYE ÇALIŞMAK

SÜREKLİ değiştirme gücü olduğumuz tek şeyin kendimiz olduğu söylenmiştir. Dünyayı görüşümüzü, çeşitli durumlara gösterdiğimiz tepkileri, insanlara tepkilerimizi, inandığımız ve yaptığımız şeyleri değiştirmekte özgürüz. Ancak başka insanları değiştirmeye kalkıştığımızda düşkırıklığına uğrarız.

Başkalarının değişmesini istiyorsak, yapabileceğimiz en iyi şey onlara çeşitli alternatifleri içeren geniş bir mönü hazırlamak ve herhangi bir yargıda bulunmadan, onları seçim ya da red etmekte özgür bırakmaktır. Bundan daha azı felaketi davet etmek demektir.

♥

Yaşlandıkça değişikliklere, özellikle de iyiye doğru
değişikliklere itiraz etmek insanın doğasında
var olan bir şeydir.
JOHN STEİNBECK

SEVGİNİN GELİŞMESİNE YARDIM İÇİN
İYİ BİLİNEN BİR FORMÜL

SEVGİYİ canlı tutmak için benim de doğru olduğuna inandığım bir tek garanti yol olduğu söylenmiştir: sevdiğin için yapacak ya da ona söyleyecek hoş bir şey bul ve sonra da bunu yirmi kere tekrarla.

♥

Sevgimiz sözcüklerden ve konuşmadan ibaret olmamalı.
Eylem ve içtenlik olmalı.
YOHANNA 3:18

MİZAH ANLAYIŞI SEVGİ İÇİN YARARLIDIR

HER konuda çok ciddi, çok gergin ve çok stresli olmaya başladık. Olgunluğu ciddiyetle özdeşleştiriyoruz ve aklın sadece ciddi düşünmekle ve uzun zaman ölçüp biçmekle geleceğine inanıyoruz.

Bir zamanlar bulunduğum bir yemek davetinde konuşmalar bir can sıkıcı konudan diğerine gidip geliyordu. Hastalık, suç, nevrozlar, çöken ekonomi ve tehlike içindeki çevremiz. Birden yaşlı bir adam ayağa fırlayıp, "paydos!" diye bağırdı. Herkes adamcağızın aklını kaçırdığını sandı tabii. Masa başındakilerin çoğu oyun oynama isteğini bastırmayı öğrenmişler ve kendini çılgın içgüdülerine kaptırmanın değerini unutmuşlardı.

Çoğumuz aşırılıklardan uzak, sakin ve ilerde ne olacağını bildiğimiz bir yaşamı yeğleriz. Pek az insan ihtiraslı, önceden ne olacağı bilinemeyen ve fırtınalı bir yaşamı seçer. Bir zamanlar o kadar neşeli olan bizlere neler olduğunu çok merak ederim. Arkadaşlarla toplantılar ne zamandan beri sadece kader çanlarını çalacak fırsatlar olarak görülmeye başlandı? Kendimiz için de bizi sevenler için de zaman zaman bizi sıkan bu bağları gevşetmeliyiz. Dünyanın yükü taşınamayacak korkunç bir şeydir. Eğer daha hafif olan neşelilik ve kahkaha yükünü kaybetmek pahasına ise, onu taşımayı reddetmeliyiz.

♥

En işe yaramayan günümüz hiç gülmediğimiz gündür.
CHARLES FİELD

SEVDİĞİNİZİ TUTKUYLA SEVİN

SEVGİ bir aşırılıklar duygusudur. Sabrımıza, anlayışımıza ve kaynaklarımıza meydan okur. Algılamamızı güçlendirir, enerji ve canlılığımızı artırır. Kolayca yenilgiye uğrayanlar ya da çabuk düşkırıklığına uğrayanlara göre değildir.

Eğer seveceksek, tutkularımızı kabul etmek zorundayız. Kuşkusuz, esrarengiz, bilinmeyen ve tehlikeli yerlere götürülebiliriz, ama yaşamımızın da asla sıkıcı olmayacağından emin olabiliriz.

♥

Tanrıyı bilmenin en iyi yolu pek çok şeyi sevmektir.
VİNCENT VAN GOGH

BAŞA ÇIKMAK

KİMİ zaman bazı insanlar çok talihli olurlar. Onlar utluluk ve başarı merdivenine tırmanırlarken biz hep birinci basamakta kalır gibiyiz. Başaranların yaşamın sorunlarını kabul eden olanları pek hatırlamayız. Yaşamda hiçbir sıkıntının bedava olmadığını, başımıza gelenlerin çoğunun kaçınılmaz olduğunu ve her zaman kontrolu elimizde tutamayacağımızı bilmek yararlı olur.

Bu da yaşamımızı hep sıkıntılara katlanarak geçirmemiz gerektiği demek değildir. Yaşamın katlanacak bir şey olduğu düşüncesini kabul edemem.

Başa çıkmayı öğrenmek bir yaşam hüneridir, yaşam biçimi değil. Dolu dolu yaşamak bir yaşam biçimidir ve bunun en mükemmel yanı da doyasıya sevmektir.

♥

Sıkıntıyı yaşamın kaçınılmaz bir parçası olarak kabul edin
ve geldiğinde başınızı dimdik tutup gözünün içine bakın ve, "Ben
senden büyük olacağım, beni yenemezsin," deyin.
ANN LANDERS

SEVGİ BİR SORUN DEĞİLDİR, SORUN OLAN BİZİZ

BİRİNİN, "Sevmek o kadar güç ki," diye içini çektiğini duyunca, "Neye kıyasla?" diye sormak isterim. Sevgide rastladığımız çatışmalar genellikle bizden biraz daha çaba isteyen basit fırsatlardır. Belki de bir başkasının kusurlarında masumluk görmemiz ve onları eleştirmememiz gerekir. Belki de konuşmayıp kalplerimizle daha çok dinlemeliyiz. Puan kazanmak yerine haklı bulmayı daha iyi bulabiliriz. Belki de üzerinde oyunlar oynayacak yerde zayıflıkları görmezlikten gelmemiz daha akıllıca olur.

Kimse sevmenin kolay olduğunu söylemiş değildir. Ancak son analizde, sevgiyi bize getiren sorunlar değil, daha çok bizim sevgiye getirdiğimizdir önemli olan.

♥

Sevilmemek acı bir şeydir, ama sevememek daha da acıdır.
MİGUEL DE UNAMUNO

Bu dünyada kusursuz aşk yoktur, sadece insani aşk vardır

SEVGİDE KISKANÇLIĞA
YER YOKTUR

SEVİLEN sadece biz olduğumuz takdirde gerçekten sevi-liyor olduğumuz fikrine asla kapılmamalıyız. Aksine, aynı zamanda pek çok insanı sevebiliriz -sevgilimizi, ailemizi ve arkadaşlarımızı. Bir tek insanı seven insanda genellikle bir sevgi sorunu vardır. Sevgi serbestçe ve sık sık verildiği takdirde azalan bir şey değildir. Aksine, bu yolla daha çok yoğunlaşır ve zenginleşir.

Birinin yalnız bizim için var olmasını istemek çocukluğumuzda bırakılmış olması gereken bir hayaldir. Sahip olunan ve kontrol edilebilen bir şey olarak görülmek alçaltıcıdır.

İlişkilerimizde, sevdiğimizin sürekli korunması gerektiğini düşünecek kadar güvensizsek, içimizdeki o çocuğu çağırıp onun büyümesine yardım etme zamanı gelmiş demektir. Bir başka insan üzerinde mutlak kontrol ne mümkündür, ne istenen bir şeydir, ne de sevgidir. Aksine, bu korumak istediğini yok eder.

♥

Cennet kuşu sadece kendini kapmak için açılmayan ele konar.
JOHN BERRY

SEVGİ ANLAYIŞLA YAŞAR

ANLAYIŞ karşısındakinin görüşünü anlamaktır. Başkalarına kendilerine davranılmasını istediğin gibi davran kuralı anlayışın bir örneğidir. Bu, kişisel ilişkilerimizi güçlendirmeye yarayan çok kuvvetli bir insan huyudur. Anlayış, başkalarının görüşünü kabul etmemiz gerektiği demek değildir. Sadece onu anlamaya çalışmaya hazır olduğumuz demektir. Herkesin, bizimkilere uymaya bile kendileri için geçerli olan kendi deneyimlerinden oluştuğunu kabul etmedikçe bunu yapamayız. Herkesin dünyayı bizim gibi görmesini bekleyemeyiz. Gerçek anlayış ancak kendi dışımıza çıkabildiğimiz ve nesnelerin öteki insanlara nasıl göründüğünü anlamaya çalıştığımız zaman gelecektir.

Pek çok kere ilk görüşte kolaylıkla umursanmayacak ve unutulacak insanlara rastlamışımdır. Ancak, onlar hakkında daha çok bilgi edinmek için zaman ayırdığımda, hemen hemen her zaman onların davranışlarını kabul edilebilir bulmuşumdur. Bu da bana olumsuz önyargılarımın çoğu zaman ne kadar yanlış olabileceğini öğretmiştir.

Anlayış bir huy haline dönünce, artık o anın tutkusunun esiri değilizdir ve sevme yeteneğimiz sınırsıza ulaşacaktır.

♥

Başkalarında iyilik ararsan kendinin en iyi
yanlarını keşfedersin.
MARTİN WALSH

KALBİMİZİN KENDİ
MİND'LARI VARDIR

KALP, tutkularımızın yaşadığı yerdir. Çok narindir, kolayca kırılır ama inanılmaz derecede esnektir. Kalbi aldatmaya çalışmanın anlamı yoktur. Onun yaşaması bizim dürüstlüğümüze bağlıdır.

Kalbimizin kırılacağını sandığımız zamanlar genellikle acımızı maskelemeyi ya da tümüyle reddetmeyi öğrendiğimiz kendi güvenli sığınaklarımıza kapanırız. Orada güvenlikteymiş gibi rol yaparız.

Kalbin acılarıyla mücadele, olumlu gelişme için gereklidir. Uzun vadeli değeri olan pek az şeyde bir çatışma olmaz. Karşımızda bize muhalefet eden bir şey olmasa hareketlilikten kayıtsızlığa geçeriz ve orada da acıdan yoksun olmanın ille de en iyi yanıt olmadığını öğreniriz.

♥

*Bazı insanlar kafalarıyla hisseder
ve kalpleriyle düşünürler.*
G. C. LİCHTENBERG

SENİ SEVERİM, EĞER...

SEVGİLİLER arasında çok sık duyulan bir söz vardır. Ben buna 'Seni severim eğer' mesajı adını veririm. Bu, koşullu sunulan sevgidir ve kesinlikle işlerliği yoktur. Bir olasılık olarak sevgiyi ya da sevgiyi kaybetme tehdidini pazarlık olarak kullanmaktır bu.

"Evde oturursan seni severim."
"Başarılı olursan seni seveceğim."
"Benim dediklerimi kabul edersen seni seveceğim."
"Hep yanımda olursan seni seveceğim."
Ve böyle uzar gider.

Bu beklentilere karşılık vermek her zaman güçtür, ama sevgi bir leverage olarak kullanılırsa durum daha da karışır. Sevgi sürekli verilmesi gereken bir şeydir. Mesaj şöyle olmalıdır: "Ne olursa olsun seni seveceğim. Sevgiyi kaybetmekten korkma."

Bir insanı yeniden oluşturmaya çalışmak, hele bunu yapmak için sevgimizi keseceğimiz tehdidini de savuruyorsak, çok tehlikelidir.

♥

Hiçbir insan sevmek için emir veremez.
GEORGE SAND

SEVGİ VE GELECEĞİ
PLANLAMA SORUNU

SEVGİ ve yaşam önceden daha çok bilinebilseydi, kuşkusuz daha az sorunumuz olurdu, ama o zaman da yerlerini amansız bir sıkıntı alırdı. Bu nedenle dünyamızın böyle kararsız olmasından dolayı sevinmeliyiz. Aslında bir an sonra ne olacağını pek az bilebiliriz. İlersini planlamak bize bir derece güven verirse de her şeyin ne kadar kararsız olduğunu düşününce bunun kesinlikle boşuna olduğu da düşünülebilir.

Kendisini tanıyanlar tarafından ideal bir evliliği olduğu söylenen bir kadın dostum vardı. Kocası bir gün her zamanki gibi kahvaltısını etti, karısını kucakladı ve her günkü saatinde işine gitti. Ama bir daha geri dönmedi. Öğle saatlerinde arkadaşıma Los Angeles İlçe Morgu'ndan gelen bir telefonda bir otomobil kazasında ölen kocasının cesedini teşhis için gelmesi söyleniyordu. Yıllarca süren planlama bir tek telefonla sona ermişti.

Soluk alıp verdiğimiz sürece yaşam önümüzde önceden kestirilemeyen bir biçimde uzanacaktır. Yaşadığımız anın bizim olduğu bilgisinin güvencesinde ve geleceği kendi hikayesini anlatmada serbest bırakarak yaşamaya devam etmeliyiz.

♥

Aşılması olanaksız bir engel önünde inatçılık aptallıktır.
SIMONE DE BEAUVOIR

Sevgi sabittir, kararsız
olan bizleriz.
Sevgi güvence verir,
insanlar ihanet eder.
Sevgiye her zaman güvenilir,
insanlara güvenilmez.

AŞKI BEKLERKEN
YAŞAMI KAÇIRMAYIN

AŞK deneyimimizde sık sık bir şeylerin eksik olduğunu hissederiz ama bu konuda ne yapacağımızı bilemeyiz. Bildiğimiz tek şey şaşkınlığımızın bizi gitmek istemediğimiz yönlere götürdüğüdür. Varlığımızın tam ortasında gibi görünürlerse de yaşadığımız rahatsız edici duyguları bir türlü teşhis edemeyiz. Kendimizi aşk oyununun, anlamadığımız bu oyunun piyonları olarak görürüz.

Bu ikilimenin çözümü genellikle eyleme geçmektedir. Yaşama eskisinden daha büyük bir kararlılıkla sarılmamız, boşluktan kaçınmakla birlikte çözümler de aramamıza ihtiyaç vardır. Daha çok sevecenlik göstermeliyiz, daha sabırlı, daha bağışlayıcı olmalı, sahip olduğumuz şeyler için daha çok minnet duymalıyız. Olumlu eylemin kalbi yeniden açmak gibi bir özelliği vardır.

Bu arada dolu dolu yaşadığımız sürece aşkı beklemenin hiçbir kusurlu yanı yoktur.)

♥

Zaman, doğanın her şeyin bir anda
olmasını önleme yoludur.
ANONİM

BAŞKALARINI ANCAK KENDİNİZİ SEVDİĞİNİZ KADAR SEVEBİLİRSİNİZ

DÜNYANIN pek çok dininde kendimizi sevmemiz emredilir. Bunun ruhunda başkalarına duyduğumuz sevgiyle zorunlu olarak kendimize duyduğumuz sevgi arasında bir uyum olduğunu anlamamız yatar. Başkaları aksini söylerlerse de, kendini sevmek sağlıklı bir ihtiyaçtır, ve dışarıya yöneltildiği sürece, kendine dönük bencillikle hiçbir ilgisi yoktur. Kendini sevmek, bizim sadece elimizde olanı verebildiğimiz ve bildiğimizi öğretebildiğimiz temel gerçeğinde yatmaktadır. Amaç insanın kendini en iyi biçimde yetiştirmesi ve kişiliğimizi başkalarıyla paylaşmaktır. Başkalarını kendimizden fazla sevmemiz olanaksızdır ve sevgimiz sınırsız olduğuna göre, sınırsız derecede de umut vardır.

♥

"Komşunu kendin kadar sev" emri sadece ahlaki bir emir değildir. Bu aynı zamanda psikolojik bir emirdir. Sevmek biyolojiktir. Başkalarını sevmenin bir yararı yalnız olmamaktır. Ve yaşama ne kadar bağlı olursanız, o kadar sağlıklı olursunuz.
JAMES LYNCH

SEVGİYİ İLETMEK

1983 yılında çok ilginç bir araştırma yaptım. Uzun ve mutlu yıllar boyunca bir arada kalmayı başarabilmiş sevgililere aşktaki başarılarını en çok neye borçlu olduklarını sordum. Konuştuğum yüzlerce kişinin yüzde seksen beşinden fazlası uzun süreli bir ilişki için en önemli şeyin iletişimde bulunabilmek olduğunu söyledi.

İletişim birbiriyle konuşabilme sanatıdır, birbirlerine değil. Bu, hiç bir aldatmacaya ve saptırmaya kalkışmadan hissettiklerimizi açıkça söylemektir. Genel kanının aksine bu, iki insanın bir araya gelmesinin bir yan ürünü değil, sonradan elde edilen bir ustalıktır. Seven iki insan arasında "konuşulmadan anlaşılan" ve "konuşulmasına gerek olmayan" şeyler bir iletişimsizlik dağı oluşturabilir. Başkasının söylemediğini duyamayız; ve, kimi zaman duyabilsek de artık iş işten geçmiş olur.

♥

Birbirini seven iki insan aralarına bir anın girmesine
izin verirlerse, bu an büyür -bir ay olur, bir yıl,
bir yüzyıl olur; ve iş işten geçmiş olur.
JEAN GIRAUDOUX

SEVGİ BİR BİLİM OLDUĞU KADAR BİR SANATTIR

BİR ilişkiye girdiğimizden kısa bir süre sonra onu canlı tutabilmek için hem entelektüel yetenek hem de yaratıcılık gerekir. Sevginin kolları arasında gevşeyen biri genellikle düşkırıklığının dizleri dibinde uyanır. Sevgi sürekli ilgimizi ve çevremizde olanların bilincinde olmamızı ister. İhtiyaçlara, değişimlere, korkulara ve düşkırıklıklarına işaret eden en küçük ipuçlarına karşı duyarlı olmalıyız. Yaratıcı eyleme hazır olmalıyız ve kendimizi alışkanlıklarla ya da önyargılarla kısıtlamamalıyız.

♥

*Yaratıcı düşünce sadece bazı şeyleri her zaman yapıldığı gibi
yapmanın bir erdem olmadığını anlamak da olabilir.*
RUDOLF FLESCH

İNANMAK BAĞIŞLAMAYA YETERLİDİR

GÜVEN inanca dayanır. Kalbimizi bir başkasına emanet ettiğimiz zaman, onun bizi isteyerek kırmayacağını kabul ederiz. Sevdiğimiz insanların dürüst, güvenilir ve adil olmalarını isteriz. Onların sorumlu olacaklarını da umarız, ama ne yazık ki, bu her zaman böyle değildir. Hepimiz kusurlu olduğumuzdan, aldatırız ve aldatılırız. İşte bu anlarda yaraların onulduğu ve inancın yerine geldiği bağışlama yeteneğimizi yardıma çağırmalıyız.

Güvenmek geçmişi unutmak ve ileri gitmeye devam etmek, ya da yeniden denemektir. Bu çabamızın kusurlu da olsa buna değdiğini biliriz. Ne de olsa, amacımız ilahlık değil, insanlıktır.

♥

Doğruluk gerçeklerden daha önemlidir.
FRANK LLOYD WRIGHT

SEVGİ OYUNLA ZENGİNLEŞİR

OYUNU çoğunlukla çocuklukla bir tutarız. Yetişkinlerin oyunları genellikle yapısaldır, kesin kuralları vardır ve kazanmak için oynanır. Çocuklar ise sadece eğlenmek için oynarlar.

Birlikte oyun oynayan sevgililer eğlencenin, neşe ve sürprizin değerini bilirler. Hayal dünyasına daldıklarında bunun pek çok ilişkinin sıradanlığı içinde kaybolan yeni hayal alanları açtığını görürler. Yaratıcı oyunlar bize insanlar ve nesnelerle yeni ilişki yolları bulmamızda yardımcı olurlar. Oyun kaygısız bir işbirliğini özendirir ve toplumumuzun rekabetçiliğinden uzaklaşmamızı sağlar. Eğlenmek için oynadığımızda kazanma çabası yoktur.

Bir çifte daha çok oyun oynamalarını önermiştim. Yaşamlarında hissettikleri baskıları gözönüne alarak bu fikrimi sevinçle karşıladılar. Gidip bir pingpong masası aldılar. Her gece işten sonra oynamaya başladılar. Ama eğlence olarak başlayan şey, çok geçmeden gecelik bir savaşa dönüştü. Erkek 'acıma göstermemekten' söz etmeye başladı, kadın 'Topu boğazından aşağı sokmak' isteğini belirtti. Neyse ki, küçük bir pingpong oyunu evliliklerini parçalamadan daha az rekabetçi bir oyunu seçtiler sonunda. Pingpong masasını şimdi başka işler için kullanıyorlar.

O. Fred Donaldson, "oyun insansızlaştırılmış bir dünyada yeniden doğma demektir," demişti. Bu doğrudur. Oyunun tek amacı eğlenmek, vakit geçirmektir. Bunu yaptığımız zaman yaşamı analiz etmeden kutlayan olumlu bir yanımızı keşfederiz. Sevginin temel unsurlarından biri de budur.

♥

Oyunun karakteristiği, insanın oyunu nedeni olmadan oynamasıdır. Oyun kendisi için yeterli bir nedendir.
LIN YUTANG

153

GERÇEK SEVGİ ÖZGECİLDİR

SEVEN insan örneği çoğu zaman sevgiyi aramayı bırakıp özgecil eylemlerde bulunmaya başlayanlarda görülür. Hepimizin Teresa Ana'yı ya da Dag Hammesköld'ü taklit edebileceğimizi söylemek istemiyorum. Ama onların çalışmalarından en yüksek sevgi biçiminin kendinden uzaklaşıp dikkatini başkalarının ve içinde yaşadığımız dünyanın ihtiyaçları üzerinde toplamadan kaynaklandığını biliyoruz. Kendimizi unutarak yine kendimizi daha iyi görmemiz garip bir çelişkidir. Kendimizi vererek en büyük yararı sağlamış olmaktayız.

Çok ciddi bir kalp ameliyatından ve ağır komplikasyonlardan sonra, koğuştaki diğer hastalara cesaret, huzur ve neşe aşılayacak güce sahip olduğumu görünce ben de iyileşmeye başladım. Çok kısa bir sürede onların ihtiyaçlarına karşılık vererek kendiminkileri unuttum.

Birini sevdiğimiz zaman onun neşesi, gelişmesi ve refahı her şeyden üstün olur. Bizim neşemiz, sevincimiz onların tatmini için bir araç olmaktan gelir.

♥

İnsan kendi dışına çıktığı ölçüde gerçek bir
insan ve gerçek kendisi olur.
VICTOR E. FRANKL

Sevgi eski yaraları açmak değil, onları onarmaktır

SEVGİDE MUTLULUK

MUTLULUĞUN tanımı güçtür. Bu çok kişisel bir şeydir. Bazılarına pek az ve sadece olağanüstü durumlarda gelir. Bense, sıradan şeylerle mutlu olurum: arkadaşlarla bir yemek, parkta bir gezinti, güzel bir konuşma, bir kucaklama. Her birimiz tek olduğumuz için, bir insanı mutlu eden bir şey, bir başkasında bunun tam karşıtı bir etki yaratabilir.

Sevgide mutluluk basit bir rahatlıktan daha fazla bir şeydir. Bu, anlık zevkler kovalamada da bulunamaz, bir başkasının mutluluk tanımını kabul etmede de. Sevgililerin birbirlerinde buldukları mutluluk, kendileri tarafından, sabırlı ve bilinçli bir çabayla yaratılır.

Aşk çoğu zaman sarhoş edici bir şey olarak tanımlanır, bize yolumuzu şaşırtacak ve bir anlık baştan çıkaracak bir şey. Çok şey söylenir ama uzun süreli zevkler konusunda pek az şey sunulur. Mutluluk geçici bir deneyimden fazla bir şey görülmedikçe de bu böyle olacaktır. Mutluluğumuzun düzensiz ve geçici bir duygudan başka bir şey olmasını istiyorsak, o zaman ona sağlam ve güçlü bir işlerlik getirmemiz ve kendi mutluluğumuzu kendimiz yapmamız gerekir.

Kendi mutluluğumuzu yaratıp ona biçim verebileceğimiz durumda olduğumuzu bilmek çok değerli bir bilgidir. Oradan başlayarak, düzensiz ziyaretler bekleyeceğimize, yaşamlarımıza bize mutlu eden şeyleri getirip onları orada tutmayı öğrenebiliriz.

♥

Mutluluğun elimizde olmayan bir şeyi elde etmekten değil de elimizde olanı anlayıp takdir etme sonunda geldiğini hep unuturuz.
FREDERICK KOENİG

SEVGİ MONOTONLAŞINCA

PEK çok ilişkide bir zaman gelir ki, kendimizi kapana kıstırılmış hisseder ve bunun nedenini merak ederiz. Korumak ihtiyacında olduğumuz şeyin sadece mutluluğumuz değil, aklımız da olduğunu hissederiz.

İlk tepkimiz başka yana bakmak ya da kaçmaktır. Olayla yüzyüze gelmenin dışında her şey yani. Durumumuz hakkında yakınmak, o konuda bir şeyler yapmaktan kolaydır. Yakınma bir süre kendimizi daha iyi hissetmemize yardımcı olursa da, asla herhangi bir şeyi düzeltmez.

Monotonluktan çıkmanın ilk adımı durup ne yapmak istediğini düşünmektir. Ve bir şey yapmak yakınmalarınızın sesini yükseltmek demek değildir.

Çoğunlukla en çok ihtiyacımız olan şeyden kaçarız ve sonunda kendimizi yalnız ve mutsuz buluruz. Daha iyi bir yol vardır ve bu da gelişmededir.

♥

Endişenin çalışmadan daha çok insan öldürmesinin nedeni endişe eden insan sayısının çalışan insan sayısından fazla olmasıdır.
ROBERT FROST

İNSAN ÇOĞUMUZUN ÇILGIN OLDUĞUNU ÖĞRENİNCE SEVGİ AÇIKLANMIŞ OLUR

SEVGİ davranışı fazla incelenmeye gelmez. Genellikle mantıksal bir açıklama ve akla yatkın bir tartışma yapılamaz. Aslında sevgide önceden söylenebilen çok az şey vardır; bu yüzden de sevginin her anına ve her birine benzersiz bir olgu olarak bakarız. Yıllar bana en aklı başındalarımızda bile bir delilik olduğuna inandırmıştır. Bu çılgınlığımıza hayalperest bir anlamda yaklaşmayacak olursak gerçekten de klasik anlamda aklımızı kaçırabiliriz.

Aşk, çılgınlık ortamı dışında nasıl açıklanabilir ki? Bir insan, kendisi için hâlâ bir yabancı olan bir diğerini tüm yaşamı boyunca neden kucaklamak istesin? Bizi sıkıcı, işlerine burun sokucu olmakla suçlayan ve bizden kaçınmak için her türlü çabayı gösteren çocuklarımızı sevmeye nasıl devam edebiliriz? Trajik bir aşk ilişkisi sonunda kendimizin duygusal bir yıkıntı haline gelmemize nasıl izin verebiliriz? Ve aklımızı daha başımıza toplayamadan nasıl bir başka birini aramaya kalkışırız? Bir başkasının sevgisi için egomuzu gömmeye nasıl istekli olabiliriz? Bunun tek yanıtı ancak çıldırmış olduğumuz olabilir. Benim hiç de güçlük çekmediğim gibi bunu kabul edecek olursanız aşk yaşamın en şahane, en canlılık verici deneyimi olacaktır.

♥

Aptal olmaya cesareti var, bu da akıllılık yolunda ilk adımdır.
JAMES GIBBONS HUNEKER

KUSURSUZLUK SEVGİ İÇİN GEREKLİ DEĞİLDİR, AMA DÜRÜSTLÜK GEREKLİDİR

ÇOĞUMUZ kendimize ve başkalarına yalan söyler ve böyle yapmakla da dünyamızı daha basit ve daha rahat yaptığımızı sanırız. Ancak zamanla, küçük de olsa, yalanlar sorunları çözmekten çok yaratırlar. Aşkta yalanların çoğu sevilmek için kusursuz olmamız gerektiği yanlış inancından kaynaklanır. İçimizde açığa vuracağı zayıflıklarımızdan dolayı gerçekten korkarız. Mükemmeliyetin kusursuzluğun başarısı değil aranması olduğu konusunda uyarılmamız gerekir.

Herkes tarafından sevilmemiz gerektiğine inandığımız için başkalarına yalan söyleriz. Herkesi her zaman mutlu etmek için çabalarız. Bu mümkün olsaydı bile insanı tüketip yok eden bir şey olurdu.

Sorunlarla yüzyüze gelmemek için kendimize yalan söyleriz. Hoş olmayan gerçekleri kendimizi kandırarak örtmeye çalışırız. Gerçek şudur ki, özellikle aşkta, sorunlarımızı görmezden gelmek ya da saklayamakla onları genellikle artırmış oluruz.

Yalan hiçbir işe yaramaz. Bozulan ilişkilerin başlıca nedenlerinden biridir yalan. Güvenimizi verdiğimiz insan tarafından aldatılmış olmak kadar insanı yıkan bir şey olamaz.

Dürüstlük her zaman en iyi politikadır. Bunun istisnası yoktur. Bu süreç kendimize karşı dürüst olmakla başlar ve aynı şeyi başkalarına gösterecek kadar onları sevmekle sona erer.

♥

Dürüstlük akıllılık kitabının ilk bölümüdür.
THOMAS JEFFERSON

YAKIN İLİŞKİ VE SEVGİ

BİR başka insanla yakınlık aramada belirli bir risk vardır. Başkalarına olan ihtiyacımızı kabul etmek çok ürkütücü olabilir. Bu bizi incinebilir duruma getirir. Buradaki çelişki, kendimizi birine açmak ihtiyacında olmamız ama bunu risksiz yapmak istememizdedir. Hiçbir bağlantıya girmeden, hiçbir incinmeye mazur kalmadan yakınlık isteriz. Ancak yakınlık başkalarına herhangi bir garanti olmadan uzanmaya hazır olduğumuzda başlar.

Bu ihtiyaç evrenseldir, insanda doğuştan vardır. Herkesin bunu bizim kadar derinden istediği kuşkusuzdur. Yakınlık isteği zayıflık değil, bir güçlülük belirtisidir; nevrotik bir ihtiyaç değil, olgunluktur.

Aşk derin bir yakınlıkla birleşince insan deneyiminin doruğuna yükseliriz. Bu yüce ortamda egomuzu teslim etmeye seve seve hazırız. Sınırlar bulanıktır artık; kısıtlama yoktur. Hem biriz hem de aynı zamanda ikimiziz.

♥

Bizi geceleri sıcak tutan sertliğimiz değil, başkalarına bizi
ısıtmaları isteğini veren sevecenliğimizdir.
HAROLD LYON

AŞK YAŞAMA "EVET" DEMEKTİR

Yaşam, sevgiyle de korkuyla da yönetilse, her zaman bir serüvendir. Korku yaşamın sınırlanmasıdır... "hayır" dır.

Sevgi yaşamın özgürlüğe kavuşturulmasıdır..."evet"tir. "Evet," deyin!

♥

Yaşam korkusu Yirminci Yüzyılın en gözde hastalığıdır.
WILLIAM LYON PHELPS

161

GÜVENLİK VE SEVGİ

NE kadar güçlü olursa olsun, yalnız sevgiyle yaşayamayız.
Ben geniş ailem arasında büyürken genellikle yoksulluk sınırı altındaydık. Yiyeceğimiz azdı, bizimkinin yarısı bir kalabalık için yapılmış olan evde yer azdı ve giyeceklerimiz sadece başkalarının eskileriydi. Yine de, değil sağ kalmak, çok da mutluyduk. Bizden fazla şeylere sahip olanlar bulunduğunun farkındaydım, ama sevgiden gelen güvenlik çok güçlüydü.
Birbirimize sahiptik biz. Hiç yalnız değildik. Annemin mizah duygusu ve mutfaktaki büyücülüğü vardı. (O kadar az şeyle o güzel yemekleri nasıl hazırlardı, asla bilemeyeceğim.) Babamın sıcaklığı ve bahçedeki ustalığı vardı. (O da o küçücük toprak parçasında o bolluğu nasıl yaratırdı, ona da hiç akıl erdirememişimdir.)
Sevgi, eksik olan her şeyin yerine geçmek üzere hazır beklerdi evimizde. Daha da önemlisi, hepimiz gerçek temel ihtiyacın ne olduğunu çok iyi öğrenmiştik.

♥

Sevgiyi yüreğinden eksik etme. Sevgisiz yaşam, bütün çiçeklerinin ölmüş olduğu güneş almayan bir bahçe gibidir.
OSCAR WILDE

Çoğumuz kendimize yabancı kalırız, kimliğimiz saklarız ve kimliklerini saklayan başka yabancılardan bizi sevmelerini isteriz

AŞK SÜREKLİ GELİŞMEYLE ZENGİNLEŞİR

UZUN süreli bir ilişki için gönül rahatlığından kaçınmalıyız. Huzur adasında herhangi bir fırtınada olduğundan çok aşk batmıştır. Sevgi zihnimizi açık ve canlı tutmamızı ister ki, bu aslında sandığımızdan çok kolaydır. Bunu başarmanın yüzlerce basit yolu vardır. Kırk yıllık evli olan ve gelişmeleri hiç durmamış bir çift tanırım. Kadın şu anda suluboya dersleri alıyor, adam da bir gelir vergisi hazırlama kursuna katılıyor. Güney İtalya'ya yapacakları bir yolculuğa hazırlık olarak ikisi de İtalyanca çalışıyorlar. Yaşamlarında sıkılacak zaman yok ve onların paylaşacak bir şeyleri olmadığı anı hiç görmedim.

İlişkiler bilinçli bir çaba olmadan ne büyürler, ne de canlı kalırlar. Yaşamımızı ve böylece sevgimizi zenginleştirecek zamanı bulmalıyız, aksi halde sadece bir arada var oluyoruz demektir. Halinden memnun olma insanı öldürür.

♥

Yaşamın tek kanıtı büyümedir.
JOHN HENRY CARDINAL NEWMAN

AŞKIN SESİNİ DUYMAK

ÇOĞUMUZ ya hiç dinlemeyiz, ya da çok kötü dinleyicileriz. Kötü dinleme alışkanlıklarından doğan yanlış anlaşmalar bilemeyeceğimiz kadar çok mutsuzluk ve acıya neden olmuştur. Yalnızlık, kırık kalpler, boşa geçen zaman ölçülemeyecek kadar çoktur.

Dinlerken seçici olma eğilimindeyiz, söylenenlerin en fazla yarısını dinleriz ve önemsiz gördüğümüz şeyleri süzer atarız. Gerçekten dinlediğimiz zamanlar bile, genellikle yanlış mesajı duyarız. Söylenen yerine kendi istediğimizi ya da duymayı beklediğimizi duyarız.

Ama iletişimi seven hepimiz için umut vardır. Dinleme öğrenilen bir sanattır. Sevmek bu sanatı öğrenmek için güçlü bir itkidir. Başkalarının duyguları ve refahları için duyulacak kaygı dinleme alışkanlıklarımızı değiştirir. En çok sevdiğimizi duyarız. Dinlemek eylem halindeki sevgidir.

♥
Başkalarını iknanın en iyi yollarından biri
kulaklarınızladır... onları dinlemekle.
DEAN RUSK

SEVGİYE BİRAZ DAHA YAKLAŞABİLMEK İÇİN, KİMİ ZAMAN ONDAN UZAKLAŞMAK GEREKİR

KİMİ zaman umutsuz görünen bir durumdan geçici olarak uzaklaşarak onu yenilemek için gerekli eylemlere girmeye başlayabiliriz. Sorundan uzaklaşmak bize analiz ve reorganizasyon için zaman tanır. Bir çözümün çoğunlukla ne kadar yakın olduğu şaşırtıcıdır. Arkadaşlar, danışmanlar, aile, kitaplar yeni alternatifler bulmak için güzel kaynaklardır. Ancak, çözümlerimizi bulmak için gerekli zamanı ayırmaya hazır olmalıyız.

Solmakta olan sevgiden yeni görüşler kazanmak için uzaklaştığımızda, sorundan kaçıyor değiliz, olası çözümlere yaklaşıyoruzdur.

♥

Yaşamın sorunlarını onları çözmekten başka
bir yolda çözemeyiz.
M. SCOTT PECK

SEVGİ ÖVÜCÜDÜR

BENCE arkadaşlarımıza övgü yağdırmakta en çok sevdiklerimizi övmekten daha eli açık davranmaktayız. Davranış bilimcilerinin ve kendi içgüdülerimizin bize övgünün davranışı eleştiriden daha çok etkilediğini söylemesine karşın bu olmaktadır. Sevdiğimiz birinin sıcaklığına ve onayına hepimizin ihtiyacı vardır, aksi takdirde kişisel onurumuz ciddi bir tehlikeye girer.

Övgüye o kadar alışkın değiliz ki, övgü yapan da yapılan da bundan utanırlar. Eleştirmeye çok hazır, ama övgü yapmada çok titiziz. Yeni bir elbise güzel görünüyorsa, bunu söylemede ne sakınca olabilir ki? Saç modası uymuşsa bunu söylemekten ne zarar gelir ki? Biri iyi bir iş yapıyorsa, bunu kendisine söylemek onu ancak güçlendirir.

Sevgi gibi övgü de ancak serbestçe paylaşıldığında anlamlıdır.

♥

Kendisine hayran olunmasını isteyen herkesin kalbinde
güvenle oturur kendini beğenmişlik -şu satırları
yazan benim ve okuyan sizin kalplerinizde de.
BLAISE PASCAL

SEVGİ GÜVENCE VERMEZ

SEVGİ bir güvence taşıyor olsaydı bu kadar insanı korkutan bir şey olmazdı. Ancak kilisenin ve yasaların kutsaması bile bu güvenceyi sağlamaz. Sevgiye hep güvenmemiz gerekecektir. Sevgide ihanetin getirdiği acı ve gözyaşlarından çok azımız kurtulabiliriz. Bu deneyimler bizi genellikle bağışlamasız ve sert yapar. Hiç kuşkusuz, mutsuzluğumuz için sevgiyi suçlarız. Sevginin sabit olduğu gerçeğini gözardı ederiz. Dönek olan insanlardır. Sevgi bir garanti sunar, ihanet eden insandır. Sevgiye güvenilebilir, insanlar değişir. Sevgide sahip olacağımız tek güvence enerjimizi kendimizi sürekli bir sevgiye değer kılmak için harcamamız olacaktır. O zaman korkacak bir şey yoktur.

♥

Cehennem artık sevmemektir.
GEORGE BERNANOS

SEVGİ VE SARSINTI

SARSINTILARIMIZIN çoğu kayıptan, ölümden, boşanmadan, bozulan sağlığımızdan, parasal sıkıntılardan ya da bozulan arkadaşlıklardan doğar. Hiç kimse bu duygusal bakımdan acı olan deneyimlerden kurtulamaz. Bunlardan kaçınmanın yolu yoktur. Bunlar varolma gerçeğinin parçalarıdır.

Sarsıntıya uğramak tüm dengemizi etkiler, özellikle de kaybı geri döndürme olanağı yoksa. Bir zamanlar normal ve önceden görülebilen olarak kabul edilen şeyler bir anda korkunç ve huzursuzluk verici olurlar.

Bir kaybın geri dönmeyeceğini kabul etmek zaman gerektirir. Bir daha aynı olmayacak bir yaşama uyum sağlamak içimizdeki zayıflıkları açığa çıkarır. Uyum sağlamak ve devam etmek için çoğunlukla büyük cesaret gerekir. Ama bu aynı zamanda, varlığını hiç bilmediğimiz güçlülükleri ve kaynakları da ortaya çıkarabilir.

Yine de bir kayba karşı ilk ve normal tepki, kendimize acımak ve talihsizliğimizin suçunu bir başka kimseye ya da şeye bağlamaktır. Tanrıyı, toplumu, sevdiklerimizi, önümüze çıkan her şeyi suçlarız. Aslında sarsıntımızı yenme sorumluluğunu üstlendiğimiz zaman, kendimizi daha iyi tanır ve yaşamı kabullenmeyi başarırız.

Bir acı zamanı ya umut kaybı bizi kendimize açan, bilgisizliğimizi yok eden ve sahte görüşlerimizi silen bir uyanma olabilir.

Sürekli olan tek sarsıntı, olumlu bir değişim göstermemektir.

Zamanla acımız azalır, yaralarımız iyileşir ve en önemli gerçeği görürüz: geride kalan, sahip olduğumuz en değerli şey, yani yaşamın ta kendisidir.

♥

Mutluluk mutsuzluklar arasındaki dönemdir.
DON MARQUIS

SEVGİNİN DEĞİŞEN YÜZÜ

SEVGİ asla iki kere aynen yaşanamayacağı için, bizi hep şaşırtır ve karşımıza bir meydan okumayla çıkar. Her yeni sevgi kendine özel davranışları, mantığımızı ve sezgilerimizi tam olarak kullanmamızı gerektirir. Her yeni durum kendi karmaşık istemleriyle ortaya çıkar. Her yeni sevgiye geçmiş deneyimlerimizi uyguladığımızda, bunların işe yaramadıklarını görürüz. Eski alışkanlıklar ve tutumlar artık bu yeni sevginin istemlerine karşılık verememektedir. Ancak sevginin değişen yüzünden asla korkmamalıyız, çünkü sanki her şeyi biliyormuşuz gibi davrandığımız takdirde sevgide başarısız oluruz.

♥

Sonuçta ortak olan tek duygu değişiklik duygusudur...
ve bundan da güdüsel olarak kaçınırız.
E.B. WHITE

Kabullenmek, insanlar birbirlerini sevdikleri zaman önemlidir

İNSAN SEVGİSİNİN GÜCÜ

İNSAN olarak hiçbirimiz kusursuz değiliz. Zayıflıklar ve kusurlarımız çok fazladır. Örneğin:

öfke
mantıksızlık
intikam
inatçılık
kendini beğenmişlik
acımasızlık
alçakgönüllü olmamak
yıkıcılık
korku
gurur
kurnazlık
yalancılık
namussuzluk
kararsızlık
korkaklık
önyargılı olmak
nefret

Bu kusurlara karşın birbirimizi sevdiğimiz zaman sevginin açıklanamayan gücünü anlamaya başlarız.

♥
Gerçek o kadar basittir ki, sahte
bir adilik olarak görülür.
DAG HAMMERSKÖLD

SEVGİ VE UMUT

UMUT gibi bir ilaç, her sarsıntının bir çözümü olacağına inanmaktan güçlü bir ilaç olamaz. Umut etme yeteneği bizim günlük yaşamın sıkıntılarına karşı çıkmamızı sağlar. Ne olursa olsun bizim bundan kurtulacağımızı hatırlatır. Kimsenin umutsuz bir kurban olması gerekmez; çaresiz olan durum pek azdır. Umutla olası bir trajediyi bir başarıya dönüştürebiliriz. Durum değişmezse, o zaman biz duruma uymak üzere değişiriz.

İnananlar için umut gerçekten de ebedi bir kaynaktır.

♥

Umut yeteneği yaşamın en önemli gerçeğidir. Bu, insanlara bir hedef duygusu ve başlama enerjisi verir.
NORMAN COUSINS

SEVGİ VE MERHAMET

BİZ karmaşık ve meydan okuyucu bir dünyada debelenen tamamlanmamış yaratıklar olan bizi kurtaran merhamettir. Merhametli olduğumuz zaman beklentilerimiz daha gerçekçi olur, bizler daha az ısrarcı, daha çok esnek oluruz. İnsanları daha az yaralar, duygularını daha az incitir, daha az suçlarız. İnsanın zayıflığını ve değişimini daha çok kabul ederiz. Daha basit bir deyişle, insanların oldukları gibi olmalarına, hissetikleri gibi yapmalarına izin verir, onları daha çok kendileri olmaya özendiririz.

Merhamet, sevecenlik ve bağışlamanın hüküm sürdüğü bir hoşgörü eylemidir. Merhameti seçtiğimizde her bireyin onurunu yüceltiriz ki, bu da onları sevmenin temelidir.

♥

İnsanlar doğuştan merhametli olduklarından, içlerindeki merhamet uyandırılabilir ve harekete geçirilebilir; yaşları ne olursa olsun, geçmiş deneyimleri ne kadar korkunç olursa olsun.
THEODORE ISAAC RUBIN

SUÇLAMA

ÇOĞUMUZ suçlamada ustayızdır. Başarısızlıklarımızı ve sorunlarımızı başkalarının ayakları dibine bırakmayı öğrenmişizdir. Başı ciddi bir sıkıntıda olan bir adam bana, "Kendimi değiştiremem, karabasan gibi bir çocukluk geçirmiştim," demişti. Yirmi yıl sonra adamın yaşamı, iyileşmeyen yaralar yüzünden hâlâ berbattı. Onun sorunu dertli geçmişi değil, o konuda hiçbir şey yapmama inadıydı. Depresyon, nevroz ve kronik mutsuzluğa sadece bir olay ya da bir kişi neden olmaz; bir insanın bunlara nasıl tepki gösterdiği de bunların oluş nedenidir.

Ancak kendimizi geçmişin yükünden kurtarmaktan sorumlu olduğumuzu anladığımızda herkesi bu sorumluluktan kurtarmış oluruz. İşte o zaman kendimizi daha çok sevgiye verebilir ve daha az suçlarız.

♥

Bana kötülük yapan kimseye sevgimin korumasını seve seve veririm; ondan gelen kötülük arttıkça benden çıkan iyilik de o derece artacaktır.
BUDDHA

BASİT BİR SEVGİ DERSİ

KARŞILAŞTIĞINIZ herkese onurlu bir insan olarak, yaşamı sizinki kadar karmaşık ve esrarlı bir insan olarak yaklaşın. Önfikirlerinizi ve bir an için bile olsa, 'bu tipi tanıyorum' düşüncesini kafanızdan uzaklaştırın.

Bunları yaparsanız belki de sevginin bize öğretebileceği en önemli dersi öğrenirsiniz: İnsan olduğu için, Tanrının özel yaratığı olduğu için her insan sevgimize layıktır. Ve buradan işe başlayabilirsiniz.

♥

Bir insanın insanlığının ölçüsü tüm insanlığa
olan sevgisinin yaygınlığı ve yoğunludur.
ASHLEY MONTAGU

SEVGİ ÖĞRETMEZ, SADECE YOL GÖSTERİR

EĞİTİMCİLER ve psikologlar yıllardır en iyi öğrenmenin model yoluyla, en yakınlarımızı, hayranlık duyduklarımızı gözlemekle olacağını doğrulamışlardır.

Örneğin, çocuklarının okumasını ya da ciddi müzikten hoşlanmalarını isteyen ana-babaların bunu en iyi, kendileri okumakla ya da çevrelerini klasik müzikle sarmakla başardıkları gösterilmiştir. Çocuklarının iyi ve sağlıklı yiyeceklerden zevk almalarını istiyorlarsa, yemek yapmalılar ve bunu düzenli olarak çocuklarıyla paylaşmalıdırlar. Kendileri örnek olarak en saf anlamında öğretmektedirler de.

Annemle babam tanıdığım sevgililerin en kusursuz örnekleridir. AŞK adlı kitabımı onlara şu satırla ithaf etmiştim: "Bana sevmeyi öğreten değil, gösteren Tulio ile Rosa'ya."

Sevgi ortamında yetişen çocuklar da zamanı gelince sevgiyi, deneyimini yaşadıkları şeyin terimleriyle tanımlarlar. Sevgi örneği ne kadar açık ve sürekli olursa, bu o kadar doğal bir şekilde ve çabasızca, onların da yaşamlarının bir parçası olacaktır.

Sevgiyi biriyle paylaşmak istiyorsak, en başarılı strateji elimizden gelen en iyi sevgili olmak ve gerisini oluruna bırakmaktır.

♥

Yaşamdaki her deney, yaşamda ilişkide bulunduğumuz her şey yaşam heykelimizi kazıyan, ona biçim veren keskidir. Biz hepimiz karşılaştığımız
her şeyin bir parçasıyız.
ORISON SWETT MARDEN

SÜREKLİ SEVGİ BİR DAYANIKLILIK
SINAVI DEĞİLDİR

"SEVGİ ilişkimizden uçup gitti" sözü sık sık tekrarlanan acıklı bir şeydir. Bu gibi yorumların çoğunun olduğu gibi, bu sevgiye karşı haksızlıktır. İlişkiden uçup giden sevgi değil, biziz. Sürekli sevgi bir dayanıklılık sınavı değildir. Bizi bir araya getiren her şeyi takdir eder ve bu takdirimizi yıllar boyunca derinleştirirsek, bir arada kalırız. Bu tür bir ilişki yaşamın en büyük başarı öykülerinden biridir.

Bu iyi haberdir. Kötü haber de, bazı insanlar için bu başarının bir çaba gerektirdiğidir. Sağlıklı bağlar sağlıklı kalmak için onarıma gerek gösterirler; engeller aşılmalıdır. Sevgiyi tehdit eden yapmacıkları ve savunmaları gözönüne almalıyız. Bizler bizi bir yaşamboyu sevgililer yapacak olan esrarı ve heyecanı severek karşılamalıyız.

♥

Engeller, gözlerinizi hedeften ayırdığınız zaman
gördüğünüz o ürkütücü şeylerdir.
HANNAH MORE

ENDİŞE YARININ KEDERİNİ YOK ETMEZ, SADECE BUGÜNÜN NEŞESİNİ ÇEKİP GÖTÜRÜR

BAZILARIMIZ sevgiyi ve bağlılığı büyük bir baskı ya da endişe kaynağı olarak görürüz. Doğru seçim yapma konusunda endişeleniriz. İlişkimiz başarısız mı olacaktır? İncinecek miyiz? Kendimizi açığa vurunca yeterli olacak mıyız? Kısacası, endişelerimizle sevgiden uzaklaşır gideriz. Sevgi, bir düşkırıklığı, bir baskı kaynağı olur.

Endişe ettiklerimizin yüzde doksanı hiç gerçekleşmez. Bunları kendi deneylerimizle biliriz. Yine de endişemize sıkı sıkı sarılırız, sanki onu elimizden kaçırmak çok büyük aptallık olacakmış gibi. Küçük sorunlar bizi şaşkına çevirir, daha büyükleri ise aklımızı alır götürür. Olayların olumlu yanını görmeden (eğer olumlu yanını arıyorsak) hep olumsuz yanlarını görürüz. Her şeyin ve herkesin bize zarar vereceği düşüncesine göre yetişmiş olduğumuzdan endişe etmek için binbir nedenimiz vardır.

Endişe bizleri aptal yerine koyar. Yaşamlarımızı kontrolu altına alır ve bizi boş kalplerle ve kaçırılmış deneyimlerle başbaşa bırakır. Yaşamı umursamazlıkla ve çevremizde olup biteni görmeden geçirmemizi öneriyor değilim. Ama kaygı duyulacak gerçek olayları hayal ürünü ve önemsiz olanlardan ayırmamızı öneririm.

♥

Derdin ne kadar oturmuş, görünüşün ne kadar umutsuz,
yanlışın ne kadar büyük olduğu hiç fark etmez.
Sevgiyi yeterli derecede anlamak hepsini yok edecektir.
EMMET FOX

Başkalarını tanımamız kendimiz hakkında bildiklerimizle sınırlıdır

SEVGİYE "HAYIR" DEMEK

BAZILARIMIZ birini sevdiğimiz zaman ona istekleri ya davranışları ne kadar kaprisli olsa da, hep evet demek zorunda olduğumuzu sanırız. Sevdiklerimize bize verdikleri sevgiye karşılık olarak her şeyi borçlu olduğumuzu hissederiz. Bu durumlarda sevilmek ile yönetilmek arasındaki farkı anlamak önemlidir.

Birinin sevgisine karşı bir şey borçlu olduğumuza inanırsak, bu sevgi değildir. Öyle zamanlar gelir ki, sevginin en büyük eylemi hayır demek olabilir; duygularımız konusunda açık davranmak karşılıklı ortak saygıya dev bir adım olabilir. Kesin bir 'hayır' bizi idare edilmiş olmaktan gelen kaçınılmaz kırgınlıktan kurtarabilir.

Hayır demeyi öğrenmek bizi, sahip olduğumuzu hiç bilmediğimiz kaynakları keşfe götüren, kendimize karşı dürüst olmaktan gelen onurluluğu yaşatan ve sonsuza kadar hizmetimizde olacak mücadele ustalıklarını elde etmemizi sağlayacak olan bir sevgi eylemi olabilir.

♥

"Hayır" demek "evet"imize bir anlam verir.
ANONİM

YAŞAMDA İKİNCİ BİR ŞANSIMIZ YOKTUR

ÖLÜM ve ölenlerle deneyimlerim bana onun kaçınılmazlığını ve değerini öğretmiştir. Ölüm korkusunun çoğu, korkulacak şeyin ölüm olmasından çok, yaşanmamış yaşamı duygusuzca kabul etmeye hazır olmamızdır. Ölümlülüklerini inkar edenler yaşamla yüzyüze gelmek için gerekli itici güçten yoksun olanlardır. Ne de olsa varlığın kendi başına bir anlamı yoktur. Varlık sadece geçtikten sonra anlam kazanan bir dizi andır. Hepimizin öleceği gerçeğini, yaşamlarımızın sınırlı olduğunu bilerek gözden uzaklaştırmaya çalışırsak her bir anın önemini göremeyip bunları geleceğe bırakmaya daha çok istekli oluruz ve onların sonsuza kadar kaybolup gittikleri gerçeğini kaçırırız.

Doğduğumuz gün bize yaşanacak bir yaşam ve onu yaşayacak sevgi potansiyeli verilmiştir. Ölüm bize çoğunlukla bir sürpriz olarak geldiğinden, bunun için ikinci bir şansımız da yoktur.

♥

Ölümü inkar eden bir uygarlık, yaşamı inkarla son bulur.
OCTAVIO PAZ

SEVGİYE GÜVENİRİZ

GÜVENMEYE olumlu ve tutkulu yaklaşımım yüzünden çoğu alayla karşılanırım. Bu nedenle aptal ve saf olduğum suçlamasına kulak asmamayı çok uzun zaman önce öğrenmişimdir. Güvenin hiçbir şeyin yapamadığı gibi insanları birleştirdiğini; o olmadan sevginin uzun süreli olamayacağını söylediğimde insanların telaşlanmaları beni hâlâ şaşırtmaya devam etmektedir.

Güvenmeyi bıraktığımız zaman olumsuz güçler yönetimi ele alırlar. Kuşkuyla dolu zihinlerde iyi niyetler pek dikkati çekmezler. Sevgi ifadelerinde gizli anlamlar aranır. Günlük davranışlar büyük boyutlu sarsıntılara yol açar. Çok güvendiğimiz takdirde aldatılacağımızdan endişe ederiz, ama yine de yeteri kadar güvenmemenin sonuçlarını düşünmeyiz.

♥

İnsanlara güvenirseniz size karşı dürüst olurlar.
RALPH WALDO EMERSON

SEVGİ SUNUN

SIK sık şöyle şeyler duyarım: "İnsanlar bana sadece hastayken ya da hastanedeyken çiçek yollarlar. Oysa o zaman onların keyfine varamayacak durumda olurum. Çiçek gönderilmesine bayılırım ve en çok çiçeği alacağım gün, onların zevkine varmak için yaşıyor olmayacağım çok komik doğrusu."

"Doğum günümde ya da bayramlarda armağanlar alırım. Ama arada sırada , bir insanın hiç gereği yokken beni hatırladığını gösteren sürpriz bir armağan almak için onlardan vazgeçmeye hazırım."

"Hep Avrupa'ya gitmek isterdim, ama her zaman planlarımı engelleyen bir şey çıkıyor. Önceliklerimiz olması gerektiğini biliyorum, ama neden asıl yapmak istediklerim, yapmak zorunda olduklarım karşısında bir kenara konuluyor sanki?"

"Ona istediği armağanı almak isterdim. Ama onu veremeden benden böyle aniden alınacağı nasıl aklıma gelebilirdi?"

Kullanabileceğimiz tek sevgi, o anda yaşadığımızdır. Dün için çok geç, yarın için çok erkendir. Sevgi armağanları ve gösterileri bizim keyfimizi bekleyemez.

♥

Bu günden daha değerli hiçbir şey yoktur.
JOHANN WOLFGANG VON GOETHE

DOYURUCU İLİŞKİLER YARATMAK

YAŞAM bir razı olmadan çok daha fazla bir şeydir. Bayatlamış ilişkilerde kalan, yollarına çıkan birkaç sevgi kırıntısıyla yetinen insanlardan söz edildiğini hepimiz duymuşuzdur. Bunlar "yaşam böyledir işte," derler. Sanki mistik bir kaynak paylarına düşeni önceden kararlaştırmış ve dikkatle ölçüp dağıtmış gibi bu mutluluk kırıntılarına rıza gösterirler.

Sevgi ve mutluluk payımız konusunda asla pasif olmamalıyız. Bunlar razı olacağımız şeyler değildir. Sevgimiz konusunda, onun bize ne getirip getirmediği konusunda sözümüz olmalıdır. İlişkilerimizde sevgi istiyorsak o zaman onu yaratmak ve sürdürmekten doğrudan doğruya sorumlu olmalıyız.

♥

Sevgi bulmadığın yere sevgi koy; o zaman sevgiyi bulursun.
JOHN OF THE CROSS

Yaşama geri dönmenin en iyi yolu onu vermektir

SEVGİ İÇİNDE YAŞANAN BİR ÖMÜR

YAŞAMIMA hep taze bir hava getiren bir meslektaşım vardır. Kendisi yaşam için tutkulu, tanıyan herkesin değer verdiği o seyrek rastlanılan insanlardan biridir. Kendine özgü bir varlık, güvenilir ama asla ne yapacağı önceden bilinemeyen bir kadın. Biraz kaçık olsa da akıllı; başkalarına hizmet eden ama kendine karşı sorumluluğunu asla unutmayan; sürekli huzursuz, ama yaşamından mutlu; sevgi ilişkilerini sürdürmeye kararlı, ama her zaman uzaklarda bir serüvene hazır.

Uzun zaman önce vazgeçtim dostumun kaç yaşında olduğunu düşünmekten. Kendisinin bile sayısını unuttuğunu duysam hiç şaşmam. Onun kendi içgüdülerine pek çok insanın olduğundan daha sadık olduğunu biliyorum. Olabilecek şeylerin özlemiyle zaman harcamayı reddeder. Zaten hep birşeyler yapmakla meşguldür. Yaşantısı olabilecek şeylere duyulan pişmanlıklarla dolu değildir. Geçmiş olandan çok bir sonra olacağı düşünür.

Onu canlı kılan ve yaş diye bir şey tanımamasını sağlayan şey yaşamını ve sevgisini tutkuyla ve sürekli olarak vermekteki inadıdır. Bu temposunu sürdüremeyeceği bir zaman gelince sanırım o zaman da yapacak yeni şeyler, keşfedecek yeni dünyalar ve sevecek insanlar bulacaktır. Sadece getirdiği neşe için değil, sevgiyle böylesine dolu dolu yaşanan bir yaşamı temsil eden parlak bir örnek olduğu için de, onun gibi bir arkadaşa sahip olmanın benim için ne büyük bir şans olduğunu hiç aklımdan çıkarmam.

♥

Yaşadığım her gün, yaşamın boşuna harcanmasının
vermediğimiz sevgide ve kullanmadığımız
güçte olduğuna inanıyorum.
MARY CHOLMONDOLEY

KONUŞMANIN İHMAL EDİLDİĞİ
YERDE AŞK BİLE ÖLÜR

LESTER Cynthia'ya duyduğu aşkın güveni içindedir. Onu gerçekten çok sever. Onun kendisine ne anlama geldiğini anlatacağını umduğu armağanlar alır ama konuşmayı becerememekten korktuğu için ağzını pek açmaz. Kadını sevgiyle düşünür ama dilinin tutulduğunu hisseder ve düşüncelerini dile getirmez. Onun kendisinin neler hissettiğini bildiğini tahmin eder. Konuşmaları yaşamanın sıradan gereklerinin ötesine hiç gitmez. Lester aşklarının sağlam olduğu ve bakım gerektirmediği kanısındadır. Ama Cynthia bir gün boşanmak istediğini söyler.

Ne yazık ki, Lester sevgiye ve sürekli ilişkiye olan yaklaşımının ne kadar yanlış olduğunu çok geç fark etmiştir. Ve kendini kusursuz koca olarak gördüğü için de, bu olay üzerine şaşırmış, dehşete düşmüştü.

Sevgi, konuşmanın ihmal edildiği yerde fazla yaşamaz. Zamanla solar ve kurur. Bu ne semboller ve armağanlarla sürdürülebilir, ne de hiç sonu olmayan bir bağışlayıcılık havasıyla kutsanabilir. Sevgi sürekli olarak ifade edilmeli, beslenmeli ve güçlendirilmelidir. Sevgiyi yeteri kadar duymazsak mutlaka kaybolacaktır.

♥

Sevecenlik ve zeka bizi her zaman tuzaklardan korumazlar.
İnsan ilişkilerinden tehlikeyi çıkartıp almanın yolu yoktur.
BARBARA GRİZZUTİ HARRİSON

ÖLÜMDEN SONRA SEVMEK

KISA bir süre önce çok özel bir dostum öldü. Otuz yıldır dostluğumuza değer verirdik. Bu süre içinde çeşitli sıkıntılı anlarımız olmuştu ama giderek gelişen dostluğumuza hiçbir şeyin engel olamayacağına kararlıydık. Onunla birlikte yaşadığımız o çılgın deneyimleri, her birimizin geçirdiği değişimleri ve bizi yaşamboyu bağlayan o derin paylaşmayı sık sık düşünürüm.

Sevdiğimiz insanları asla, ölümde bile, kaybetmediğimizi kesin olarak biliyorum. Onlar bizim her yaptığımıza, düşündüğümüze ve aldığımız kararlara katılmaya devam ederler. Sevgileri anılarımızda silinmeyen bir iz bırakır. Yaşamlarımızın onların sevgisini paylaşmakla zenginleştiğini bilmenin huzuru içinde yaşarız. Sevdiğimiz için çok daha iyiyizdir. Böylece sevgi ölümü bile aşmış olur.

♥

Arkada bıraktıklarımızın kalbinde yaşamak ölmek değildir.
THOMAS CAMPBELL

KEHANET VE SEVGİ

İNSAN davranışı önceden bilinemeyeceği ve değişken olduğu için sevgide kesinlik olamaz. İnsanlar büyürler, yeni görüşler kazanırlar, yön değiştirirler, yeni ihtiyaçlar geliştirirler. Değişiklik kaçınılmazdır.

Bu değişiklikler ne kadar büyük olursa olsun, çoğunlukla gizlidirler; yaşamımızın onca bölümünü hasrettiğimiz bir insanın bir yabancıya dönüştüğünü görüp şaşırana kadar bunları fark edemeyiz. Bunun ne zaman olduğunu merak eder ya da bunu bir dönem veya kriz olarak niteleriz. Sevdiğimiz birinin çok az da olsa, değiştiği ve bizim bunu fark edemediğimiz fikrini kabule hazır değilizdir.

İlişkinin yanısıra bir risk ve kararsızlık unsuru getirdiği açıktır. Bunu rahatsız edici bulanlar belki de sevgilerini değişmez olarak kabul ediyorlardır. İçimizde çok yakından tanıdığımız insanların bile önceden kestirilemeyen davranışlarını kabul edenlerimiz de vardır. Bunu değişen bir kişiliğin meşum işareti olarak göreceğimize, sevdiklerimizin yeni ve keşfedilmemiş bir yanlarını kabul eder hatta buna seviniriz. Hem zaten kehanet sıkıcı bir şeydir.

♥

Riski göze alın. Yaşamın tümü bir risktir. En ileri gidebilen insan genellikle bunu yapmaya hazır olandır.
DALE CARNEGİE

Sevgi geçmişten çok gelecekle ilgilenir

GÜÇLÜKLERİ SEVGİYLE YENMEK

KARŞILAŞTIĞIMIZ güçlükler eylem gerektirir. Sevgi eylemi çözüm getirir. Sevgimizin gücü sorunlarla ve düş kırıklıklarıyla nasıl başa çıktığımızda kendini gösterir. Yaşamımızda her şey güzelce akıp giderken hoş ve olumlu olmak kolaydır. Ama yaşamın akışı değişip de geçici olarak bizi güçsüz bırakırsa, o zaman gerçek gücümüz ortaya çıkar. Sevgi bize "Neden ben?" diyerek zaman kaybetmemeyi, onun yerine, "Şimdi ne yapmalı?" demeyi öğretir. Birinci soru gereksiz ve anlamsız bir çatışmaya götürür, ama ikincisi kendine acımanın ve anlamsız suçlamanın yükünü taşımayan bir eylemi akla getirir. Eğer sevgi varsa, güçlükler bozulan ilişkilerin nedeni değildir. Aslında bu durum bizim değişip ayakta kalmamızı sağlar.

♥

Yaşamın garip karmaşasında başımıza neler geleceğini bilemeyiz. Ama içimizde olacaklara biz karar veririz... onu nasıl karşılayacağız, ne yapacağız.. Ve sonuçta da önemli olan budur zaten.
JOSEPH FORT NEWTON

SEVGİ VE İNANÇ

İNANCIN olmadığı yerde sevgi olamaz. İnanç gibi sevgi de güvencesiz itimat ister. Tüm ruhsal şeylerde olduğu gibi kesinlik olamaz, çünkü inanç mantığın ve kanıtların ötesine geçer, sevgi ise bunların da üstündedir.

Eğer ihtiyacımız olursa, günlük yaşamımızda sevginin varlığının basit kanıtlarını buluruz: ektiğimiz bir tohum gelişir çiçek olur; birine dokunuruz ve o insan güç kazanır; gözyaşlarını silip yeniden gülmeyi öğreniriz.

Kalbimizin derinliklerinde gerçeğini tam olarak kabul ettiğimiz zaman sevgiyle huzurlu oluruz. Eğer sürekli sorguya çekiyorsak, ya da değerlendirmeye gerek duyuyorsak sevginin hiç şansı yoktur. Pascal şöyle demiştir: "İnanç kanıttan başka bir şeydir; birincisi insandan, ikincisi tanrı'dan gelir."

♥

İnsan doğruyu ancak kalbiyle görür. Gerekli olan göze görünmez.
ANTOINE DE SAINT-EXUPERY

SEVGİDE GÜZELLİĞİN ROLÜ

YAŞAMIMIZA güzelliği getirenin sevgi olduğu doğruysa da, güzelliğin de sevgimizi geliştirdiği doğrudur. Her biri birbirini kullanır ve geliştirir. Çevremizdeki güzelliği tümüyle görmeyecek kadar duygusuz kimse var mıdır? Güzellik öylesine yaygındır ve en sıradan şeyde bile öylesine göze çarpar ki. Bulmak için bakmamız yeter.

Güzellik sıradan olanı canlandırır. Güzellik aracılığıyla çevremize karşı daha bilinçli oluruz, ruhumuz ferahlar, kalplerimiz zenginleşir. Yaşanan, takdir edilen ve paylaşılan güzellik her zaman bir sevgi ifadesidir.

♥

Güzeli bulmak için tüm dünyayı dolaşırsak da
onu içimizde taşımıyorsak asla bulamayız.
RALPH WALDO EMERSON

SEVGİYİ AÇIKLAMAK

UZUN yıllar ders verdiğim Güney California Üniversitesinde başıma hiç unutamadığım bir olay gelmişti. Sınıfımdaki öğrencilerden birine doktorları tarafından kas erimesi teşhisi konulmuştu ve hastalık öldürücüydü. İyileşmesi için hiçbir umudu olmadığı söylenmişti. Kendisine vaad edilen tek şey son aylarını mümkün olduğu kadar acısız ve rahat geçirilmesine çalışılacağıydı. Bu haber kendisi için çok üzücüyse de, çocuk olumlu tutumunu hiç kaybetmedi. Sonlara doğru sınıfa çok miktarda ağrı kesici alarak geliyordu ve korktuğu belliydi. Sınıfa gelmesinin giderek güçleştiğini görünce çok garip bir istekte bulundu. Sınıf arkadaşlarının her birinin kendisini son bir kere kucaklamasını istedi.

Ne kadar güzel ve düşünceli şekilde ifade edilirse edilsin, hiçbir duygu o delikanlıya o kısacık sevecenlik anları kadar anlamlı değildi. Hepimiz yaşamlarımızın ne kadar narin olduğunu ve yaşımız, sağlık durumumuz ne olursa olsun, sevgimizi bildirmenin ne kadar önemli olduğunu o an anlamıştık.

Sevgiyi herhangi bir nedenle geride tutmak başkalarını verebileceğimizin en iyisinden yoksun bırakmak demektir. Bunu bir gün için bile yapmak bir ilişkiyi küçültür. Bir yaşamboyu beklemek ise insan trajedilerinin en büyüğüdür.

♥

Başkalarını mutlu görmek isteyen, armağanını mutlu edecek zamanda vermeye acele etmelidir, ve unutmayın ki, her anlık erteleme onun bu iyiliğinin değerinden bir şeyler alıp götürür.
SAMUEL JOHNSON

BAĞIŞLAMA, SUÇLAMANIN BİTTİĞİ YERDE BAŞLAR

GEÇEN gün iki çocuğun tartışmasına tanık oldum. Sık sık yaptığımız gibi önemsiz bir konuda tartışıyorlardı. Aralarındaki konuşma şöyleydi:

"Aptal!"

"Aptal sensin!"

"Senin kadar değil!"

"Öyle mi? Sen öyle san!"

Tartışma bitince kendi yollarına gittiler. On dakika geçmeden oraya döndüğümde, olanı unutmuşlar, yine birlikte oynuyorlardı. Ne egoları yaralanmıştı, ne birbirlerini suçluyorlar, ne de geçmişi ortaya döküyorlardı. Öfkeli duygularını kısaca ve dürüstçe ortaya dökmüşler, daha kısa bir sakinleşme dönemi geçirmişlerdi ve her şey unutulmuştu.

Çocuklar gerçekten de yetişkinlerden daha bağışlayıcıdırlar. Yetişme sürecinde bir yerde kin tutmada, incinebilir egolar ve bağışlamasız doğalar geliştirmekte uzman olmuşuzdur. Geçmiş hatalar konusunda bıçak gibi keskin anılar oluşturur ve bunları her an cephane olarak kullanmak üzere hep yanımızda taşırız. Neyin doğru olduğunu sadece kendimizin bildiği usta tartışmacılar oluruz. Her savaşı kazanmaya kararlıyız ve bunu yapamazsak hemen intikam planları kurmaya başlarız.

Bağışlama sadece başkalarıyla özdeşleştiğimiz, kendi kusurlarımızı ve aynı hata yapma yeteneğimizi kabul ettiğimiz zaman gelir.

♥

İnsan sevdiği derecede bağışlar.
LA ROCHEFAUCOULD

OLDUĞUNUZ GİBİ OLMAK
SEVMEK İÇİN YETERLİDİR

HERKESİN bizi değiştirmek istediği dünyada olduğumuz gibi kalmak hep karşımıza çıkacak olan bir meydan okumadır. Başkalarının hoşnutsuzluğu güçlü bir caydırıcıdır, ancak olduğumuz kişiden daha azını olmamızı gerektirecek kadar güçlü bir neden de değildir. Mutlu olmak istiyorsak, ergeç olduğumuz gibi kabul edilme hakkımızı ortaya koymak zorundayız. Bundan daha temel bir insan hakkı düşünemiyorum.

Beni hep olduğum gibi görmenin insanı ferahlatıcı olduğunu söylerler. Ben de onlara yıllarca bir başkası olmaya çalıştığımı ve bunu başaramadığımı anlatırım.

Bize olduğumuz gibi davranılmasını istiyorsak, kim olduğumuzu açıkça ortaya koymalıyız.

♥

En sakin saatlerde bir bilinçlenme, bir düşünce çıkıverir
diğer bütün şeyler arasından, ebediyen parıldayan
yıldızlar gibi. Bu kimlik düşüncesidir -kim olursanız
olun siz sizsiniz, ben benim... inançlar, alışkanlıklar
bu basit düşünce önünde önemsizleşirler.
WALT WHITMAN

Sevebilmek, sevgi yeteneği olmakla aynı şey değildir

SEVGİ HATIRINA DEĞİŞİN

DEĞİŞMEK istemediğimiz sürece uzun süreli bir ilişkiyi devam ettirme olasılığı pek azdır. İki yabancı biraraya gelmek için anlaştıkları zaman, herbiri ilişkiye kendine özgü bir geçmiş, inanç ve alışkanlık getirir. Bunların bazıları kesinlikle uyumsuz olacaktır. İlişkinin sürmesi için ödün ödün vermemiz, uyum sağlamamız ve esnek olmamız gerekecektir.

Bunu yapmanın bir yolu kendimizi daha sık dinlemektir; bütün kesin beyanlarımıza daha çok kulak vermeliyiz: "Eh, ben böyleyim," "Değişmeyecek kadar yaşlıyım," "Bu konuda yapabileceğim hiçbir şey yok," "Yapamam," "Yapmayacağım," "Benim sorunum değil." Dilbilimciler bize böyle konuşmanın tehlikesinin söylediğimiz şey olacağımız, ve sadece yapabileceğimize inandığımız şeyleri yapacağımız olduğunu anlatırlar.

Eğer kendimizi sürekli kısıtlarsak sevgi asla o mucize olmayacaktır. Alternatifleri görmezlikten gelip sorunlarımız için başkalarını suçlarsak kendimizi çaresiz ve umutsuz kurbanlar olarak görürüz. Bu tür davranışlar kendimize yaklaştırmak istediğimiz insanları bizden uzaklaştırır.

♥

İnsanın bilinçli çabasıyla yaşamını daha
yükseltebilmesi yeteneğinden daha özendirici
bir gerçek bilmiyorum.
HENRY DAVİD THOREAU

AŞK AYNI ZAMANDA ISTIRAPTIR

ISTIRAPTA iyi bir şey olduğunu düşünmek çoğunlukla pek güçtür. Istırap duyduğumuz an ondan hemen kurtulmaya bakarız. İlaç alırız, içki içeriz, aşırı yer aşırı uyuruz, onu bastırmaya, inkar etmeye çalışırız. Huzursuzluk hissetmemek için her şeyi yaparız kısacası.

Bir ilişkiye girmek ıstırabı davet etmek demektir. Başkalarına önyargıyla ve beklentiyle yaklaştığımızda bu daha da geçerli olur. Çoğumuz sevgilimizin en iyi dostumuz, en yakın sırdaşımız, mutluluğumuzun başlıca kaynağı, hep anlayışlı ve bağışlayıcı olmasını isteriz. Onun sadık, heyecan verici ve seksi olmasını isteriz. Ancak ne yazık ki, bu tanıma uyan insanlar ya romanlarda bulunur ya da cennette. Bu dünyada sayıları çok azdır. Bunu kabul edince de, bu tatmin olmamış beklentilerden gelen ıstırabı duymamız kaçınılmazdır.

Ama ıstırap büyük bir öğretmendir. Fiziki ağrı gibi duygusal ıstırap da savunmamızı harekete geçirir, daha derin sorunlara karşı bizi uyarır. Yaşamımızda yanlış bir şey olduğu, dikkatimizi gerektiren bir şey olduğu bilincini uyandırır. İç ıstırabı ihmal edersek mutlaka denetim dışına çıkacaktır.

Neşemizi olduğu gibi ıstırabımızı, üzüntümüzü ve düşkırıklığımızı da kabul ettiğimiz zaman gerçek aşık olma yoluna girmişizdir demektir.

♥

Sorunlar mesajlardır.
SHAKTİ GAWAIN

SEVMEK OLGUNLUK GEREKTİRİR

YAŞADIĞIMIZ yılların olgunlukla hiçbir ilişkisi olmadığı-
nı öğrendim artık. Kendilerini yetiştirenlerden daha
çok duyarlı ve daha çok sorumluluk bilincine sahip çocuk-
lar vardır.

Olgunluk tam yetişkinliğe erişmekten çok daha fazla
şeyi içerir. Bu, sadece zihnimizi değil duygusal duyarlılığı-
mızı da geliştirmiş olduğumuz demektir. Yaşamın meydan
okumalarına karşı koymak için cesaret ve değişmeyeni ka-
bul için zeka gerekir. Bizi şaşırtmaya devam etse de, insan
davranışlarını anlama çabası demektir bu.

Olgun insan pek çok yol, pek çok çözüm ve pek çok so-
nuç olduğunu bilir.

Sevgi kusursuzlukta ısrar etmez. Ama kim olduğumuz,
neye inandığımız ve nasıl davrandığımız arasındaki önemli
ilişkiyi fark etmemizi gerektirir.

♥

Yaşamınızı kendi elinize alınca ne olur?
Korkunç bir şey olur: suçlayacak kimse kalmaz.
ERICA JONG

AŞK DÜŞKIRIKLIĞINA UĞRATMIŞSA

SEVEN herkes onun acısını hissetmiştir. Bir ilişkiye girdiğimizde istediğimizi elde edeceğimizi umarız. İsteklerimiz uyumla karşılaşırsa aşk doğar. Çatışırsa bir karşı karşıya gelme durumu çıkar. Aşk bile bu amansız baskılar altında geriler.

Süregelen acı deneyimlerden kaçınmak istemek doğaldır. Bize ıstırap getirecek her şeye karşı aşırı dikkatli olur ya da bundan kaçarız. Kendimizi savunma duvarları ardına saklar ve bunu yaparak yakınlığın tehlikelerinden kaçabileceğimizi sanırız.

Kaçmakta huzur olabilir, ama bu fazla uzun sürmez. Gerçek şudur ki, biz ne insansız yaşayabiliriz, ne de sevgisiz. Bu nedenle ilişkiler sona erdiğinde elimizde yeniden başlama dışında bir seçenek yoktur. Kalkıp dışarı çıkmalıyız. Aşıklar bizi peri masalı şatolarında arayacak değillerdir ve parlak zırhlı şövalyelerin günü çoktan geçmiştir. Yaşama dönmenin en iyi yolu onu vermektir. Parçaları toparlamak zaman alacaktır, ancak bulmacayı bir kere denediğimiz için bir dahaki sefere başka bir örnek oluşturmak daha kolaylaşacaktır.

Yaşamımızı beklemeye alanın aşk olmadığını asla unutmamalıyız. Yaşam gibi, aşk da her zaman oradadır ve her zamanki gibi vaad edici ve meydan okuyucudur.

♥

Bu güç zamanların bana yaşamın her bakımdan ne kadar zengin ve güzel olduğunu ve çevrede olup biten pek çok şeyin hiç de önemli olmadığını anlamamda yardımcı olduğuna inanıyorum.
İSAK DINESEN

DIRDIRLA SEVGİDEN UZAKLAŞMAK

SİZE dırdır eden birini sevmeniz güçtür. Hiçbir şey bu kadar ısrarla sıkıcı ve etkisiz olamaz. Yine de, çok daha iyisini bilmesi gereken insanların, her nasılsa iletişimde bulunduklarını sanarak birbirlerine dırdır ettiklerini duyarız.

"Sana kaç kere söyleyeceğim."

"Elindeki şu iş hiç bitmeyecek mi?"

"Sana bir daha hatırlatmak istemezdim, ama..."

"Senin derdin..."

Ve bu böylece devam eder gider.

Bu tür beyanlardan suçluluk, kırgınlık ve düşmanlıktan başka bir şey elde edilebileceğini hiç sanmıyorum. Birini sevgi adına böylesine küçük düşürmek adeta saditçe bir şeydir. Yanlış yaptığımız takdirde toplum bizi yeteri kadar cezalandıracaktır. Destek aradığımız kişilerden fazladan bir endişe duymamıza hiç gerek yoktur.

Sevenin rolü yarayı dikkat ve sevgiyle sarmaktır; onu yararsız, kulak tırmalayan, sinirleri kemiren dırdırdırla yeniden açmak değil.

♥

Karınıza soyluymuş gibi davranırsanız
size dırdır etmez.
BUMPER STICKER

BİR YAFTA
SEVGİ VE ÖFKE

HİÇ öfkelenmediğini söyleyen insan ya bir yalancıdır, ya da olası bir saatli bomba. Her ikisinden de kaçınmak gerekir. Öfke, değişik derecelerde, her ilişkinin bir parçasıdır. Görmekten gelinemeyeceği gibi, istemekle de yok edilemez. Eğer dürüstçe ve yaratıcı olarak ifade edilebilirse öfkenin yıkıcı olması gerekmez. Çoğumuz bunu saklarız, bastırmaya çalışırız, ya da ait olduğu yerden başka yere yöneltiriz. Bunlar pek yaygın ve kimi zaman başarılı çıkış yollarıdır. Ancak, öfkeye değil de, öfkenin nedenine yönelmek daha sağlıklıdır. Öfke doğal bir insan deneyimi olarak kabul edilince, sağlıklı bir biçimde ifade edildiği takdirde başa çıkılabilir bir şeydir. Öfkemizi bastırdığımız zaman, o genellikle daha büyük bir yoğunlukla, özgün şekliyle kıyaslanmayacak derecede patlar ve ardında aynı derecede büyütülmüş bir kırgınlık yaratır.

Olgun insanlar, ifadesi gerektiğini bildikleri için öfkelerinin gereğine bakmakta daha rahattırlar. Öfke bir kere ifade edilince, genellikle kısa zamanda ve sürekli olarak ortadan kalkar. Bastırıldığı takdirdeyse, kendi kendini çoğaltır ve ifadesini bir felakette bulur.

♥

Kimi zaman bir kavgayı kazanmak kaybetmekten kötüdür.
BILLIE HOLLIDAY

Kendi çılgınlığımıza hoşgörüyle bakmazsak gerçekten çıldırabiliriz

SEVGİ ANCAK EYLEMLE ANLAŞILIR

ANNEM sevgiyi tanımlamayı hiç aklına getirmiş değildi. Bu fikre gülerdi herhalde. Onun yaptığı her şey bir sevgi eylemiydi. Evimizde sevgiyi elle tutulabilir bir duyguya dönüştürürdü. Çocukları ve kocasına olan sevgisi açık seçikti. Hep bize sevgiyle bakar, (sahte itirazlarımıza karşın) bizi hep kucaklar, ya da kahkahamızı ve gözyaşlarımızı paylaşırdı. Babamı asla bir aziz olarak görmemiştir, ama ona azizliğe adaymış gibi davranmaktan da geri kalmazdı. Onun ruhsal sevgisinin yüksek düzeyini hissedebilirdiniz; her yaptığı, her düşüncesi Tanrının varlığının doğrulanmasıydı.

Annem için sevgi üzerinde düşündüğü ya da konuştuğu bir şey değildi. Eylemleriyle yaşadığı bir şeydi bu. Teresa Ana gibi bize yeri süpürmekte, lavaboyu temizlemekte ya da hasta birine bakmakta sevgi bulunduğunu gösterirdi.

Annem hiç de çaba harcamadan bize yaşamımızın en büyük, en uzun süreli dersini öğretmiştir: sevgi bir duygudan daha fazla bir şeydir. Her gün yaşanacak ve üzerinde uğraşılacak bir şeydir.

♥

Bu dünyayı yaşanacak daha iyi bir yer yapmak
için gereken tek şey sevmektir...
İsa gibi, Buddha gibi sevmek.
İSADORA DUNCAN

ÖNEMLİ OLAN TEMEL
SEVGİ SÖZCÜKLERİ

"**S**ENİ çok yakından tanıyorum, o halde duygularını çiğneyebilirim," demek çok çarpık bir mantıktır.

Bize tümüyle yabancı olan insanlara karşı genellikle karılarımıza, kocalarımıza ve çocuklarımıza olduğundan daha anlayışlı ve düşünceli davranırız. Gerçek düşünce ve sevecenliğin gerçekten de çoğunlukla önemli olan kişiler yerine önemsiz olanlara ayrılması çok gariptir. Sıra sevilene gelince insanlar pişman olduklarını söylemeye hiç gerek duymazlar ve pek seyrek olarak teşekkür ederler. Sevdiklerimize karşı kullandığımız sözcükleri, ya da sözlerimizin yaratacağı sonuçları pek az düşünürüz. Bizim için en çok şeyi yapan insanlar çoğunlukla en az takdir edilenlerdir.

Bir kere Sevgi Dersi sınıfıma evlerine gidip anababalarına 'teşekkür ederim' deme ödevini verdim. Bu konuda gayet sert görüşler ortaya çıktı. Anababalarına herhangi bir şey için teşekkürün uygun olmadığını düşünüyorlardı. "Anababaların görevlerini yapıyor olmaları nedeniyle teşekküre ihtiyaçları yoktur, bizim neler hissettiğimizi bilirler zaten," diye itirazlar edildi. Ben yine de görevi tamamlamalarında ve bulgularını sınıfla paylaşmalarında ısrar ettim. Sonuçlar benim beklediğim gibiydi. Ama öğrenciler şaşkına dönmüşlerdi. Hemen hemen hepsi bir tek minnet sözcüğünün gerçek bir etki yaptığına tanık olmuşlardı. Anababalar ilk uğradıkları şaşkınlıktan kurtulunca çok sevinmişlerdi. Bazıları sevinçten ve şaşkınlıktan ağlamıştı bile.

İçtenlikle söylenen sevecen bir sözcük tılsımın artık kaybolduğu ilişkilerde tılsımlı bir etki yaratır. Hiçbir ilişkide küçük inceliklerin ihmal edileceği kadar üstün ya da rahat olamayız. Eğer bu sözcükler tümden yabancılara söylenecek kadar iyiyse, o zaman hiç kuşkusuz, sevdiğimiz insanlar için de iyidir.

♥

Gerçeği söylemenin tek yolu sevgiyle söylemektir.
HENRY DAVID THOREAU

YARIN İÇİN KAYGILANMA

KİMSEDE geleceği söylemek gücü yoktur. Ben en iyisinin bu olduğuna inanırım. Sürpriz ve esrar unsurlarını çıkardığınız takdirde yaşamımız uzun ve sıkıcı olurdu. Bir an sonrasını bile önceden söyleyemem ancak en kötü şeyleri hayal etmekte ısrar ettiğimizde bir sorun olur. Çoğumuz duygusal egzersizlerimizi olumsuz sonuçlara sıçrayarak yaparız. Her pencerede ve her köşe ardında kötü yüzler görürüz. Böyle yapmakla da, olası sevinç ve gelişme fırsatlarından uzaklaşır, olmayan yerlerde sorunlar yaratırız. Bize söylemedikleri başka amaçları olduğuna inandığımızdan bir dostumuzun ya da sevdiğimizin olumlu yaklaşımlarını iteriz. Ve buna karşılık olarak da, biz birine uzanacak olursak aynı şekilde itileceğimizi hayal ederiz. O yüzden bize en büyük ilerlemeyi sağlayacak o fırsatı asla kullanmayız.

Güven ve cesaretle ileri bakıyor olsak da, gözü kapalı olarak bilinmeyen bir kadere doğru gidiyor olsak da, yaşamımızın geri kalanını harcayacağımız yer gelecektir. Yarınların dramatik bir şekilde bugünler oluverme huyları olduğundan, günümüzde yaşayıp da, yarını kendi haline bırakmak en iyisidir.

♥

Yaşamının sona ereceğinden korkma,
hiç başlamayacağından kork.
GRACE HANSEN

HERKESİ SEVMEYEN ASLINDA
KİMSEYİ SEVMİYORDUR

BİR gece televizyonda pek tutulan bir programa katılmıştım ve sete ayak bastığım anda sunucunun benim kim olduğumu ve nelere inandığımı pek bilmediğini anlamıştım. Bir sevgi dersi veren herkesin biraz aklından zoru olduğuna inanıyordu ve röportaja bir şakaymış gibi yaklaşım göstermeye kararlıydı.

İnanmayan bir sesle, "Herkesi sevmemiz gerektiğini söylediğiniz doğru mu?" diye sordu.

"Evet."

"Ama bu sadece çılgınca bir şey değil, aynı zamanda da olanaksız," diye bir kahkaha attı. "Ben herkesi sevmem. Bunu istemem de."

"Bu size kalmış bir şey," dedim. "Ama sevginizden kimi uzak tutarsınız? Ve bunun nedeni nedir?"

O konuşkan adamın dili tutulmuştu.

Sevme gerçeğini anladığımız ve insanların evrensel incinebilirliğini kabul ettiğimiz zaman en sevilmeyecek kişilere bile anlayış duyacağımıza inanırım ben.

Sevmek kendimizde ve başkalarındaki kusurlarla özdeşleşebilme ve zayıflıklarımızı, korkularımızı ve karmaşalarımızı tanıma yeteneğidir. Onlarda sevilmez olanı sevmek her zaman bir meydan okumadır. İnsanları kusurları için ihmal etmek onların yanında olmaktan her zaman daha kolaydır. İnsanların neden iyi nitelikler arayacakları yerde kusurlar arama eğiliminde olduklarına hep şaşarım.

♥

İnsanları bize yaptıkları iyiliklerden çok bizim onlara
yaptığımız iyilikler için severiz.
LEO TOLSTOY

214

GÜVEN OLUŞTURAN SEVGİ

KENDİLERİNİ sevmede bize en çok güçlük çıkaranların genellikle sevgiye en çok ihtiyaç duyanlar olması ilginçtir. Bir arkadaşım yeniyetme oğlunun her gün sevgisinin sınırlarını zorladığını gülerek anlatmıştı. Kendisine oğlanın o hiç yıkanmayan neon renkli gömleğinden ve üç renkli kızılderili saç tuvaletinden zamanı gelince vazgeçeceğini söyledimse de, kadının benim güvenceme ihtiyacı yoktu. Oğlunun yanıbaşında olmanın ve onun gerekli büyüme aşamalarından geçmesine izin vermenin önemini öğrenmişti zaten. Deneyimlerinden bunun gerçekten önemli olduğunu biliyordu: esnek bir bakış, anlayışlı bir kalp, bol bol sevgi ve herşeyin zamanla düzeleceğine olan sakin bir güven.

Bu tür anlayışa ihtiyacı olanlar sadece gençler değildir. İnsanların bize inandıklarını, saygı duyduklarını ve bizim değişen davranışlarımızı gelişmenin olumlu işareti olarak gördüklerini bilmelerinden hepimiz yararlanırız.

♥

Bir birey olmaya sadece hakkınız değil,
bir de yükümlülüğünüz olduğunu asla unutmayın.
ELEANOR ROOSEVELT

Seven iki insan arasındaki
'söylenmesi gerekmeyen'
ya da 'bilinin' her şey
bir yanlış anlaşılma dağı
yaratabilir

ZORLAMA VE SEVGİ

SEVGİNİN zorlamayla verileceğini ya da önleneceğini sanan insanlar hâlâ vardır. Bunlar bizi bir 'olmalı' ya da 'yapılmalı'labirentinde öylesine dolaştırırlar ki, sonunda sevgiyi ya onların koşullarında kabul etmeye, ya da kaybetmeye zorlanırız. Bu 'sevgililer' bize, baskıları altında ezilene kadar suçluluk ve korku yüklerler. Çğunlukla da başarılı olurlar. Bizim kanatlarımızı kırpıp rahat bir kafese sokarlar ve burada kendi kapris ve ihtiyaçlarına göre bize sevgilerini parça parça verirler.

Thoreau kuşların mağaralarda ötmediklerini söylemiştir. İnsanlar da öyledir. Bizler özgür doğmuşuzdur ve herhangi bir zorlama olmadan sevme hakkımız vardır. Başka her türlü her düzenleme mutlaka bir taklit, ya da en azından bir sevgi çarpıtılmasıdır.

Kimse bir başkasından zorla sevgi görmemiştir ve asla da göremeyecektir. Sevgi bizi özgürleştirir ve korkusuzca, bir başkasının isteklerine uyma gereği olmadan yaşamamızı sağlar.

Zorlama sevgiyi azaltır. Sevgi bize daha büyük özgürlüklere bilinçli ve kararlı adımlarla yürüme gücü verir.

♥

Özgürlüğün zevkini çıkarmak için
kendimizi kontrol etmeliyiz.
VIRGINIA WOOLF

SEVGİNİN ÖZENDİRMEYE İHTİYACI VARDIR

SAĞLIKLI, dürüst ve olumlu bir özendirme sevdiklerimize genellikle sunduğumuz eleştirilerden çok daha etkilidir. Kırıcı sözler, suçlamalar ve yakınmalar dikkati çekerse de, bunun bir bedeli vardır.

Geçenlerde bir süpermarkette bir annenin çocuğunu şöyle azarladığını duydum: "Önüne baksana, aptal! Sarsak çocuk, sen asla adam olmayacaksın!" İnsan sürekli bunları işitmenin sonuçta nasıl bir etki yapacağını gerçekten merak eder.

Hepimizde belli bir soyluluk düzeyi vardır ve saygı ile davranılmaya olumlu tepki gösteririz. Tam anında söylenecek özendirici bir söz tılsımlar yaratır. "Yapabilirsin!" "Aferin!" "Çok güzel!" "Seninle gurur duyuyorum," gibi sözlerde bizi besleyecek ve geliştirecek bir güç vardır. Hepimiz olduğumudan daha fazlasını olabiliriz. Olumsuz eleştiri insanı yıpratır ve zamanla, düzeltmek istediği olumsuz davranışları güçlendirir.

♥

Pek çok insan altın beklediği için gümüşü göremez.
MAURICE SETTER

FARKLILIKLARIMIZI KUTLAMAK

HERBİRİMİZ yaşamımıza kendimize özgü bir stil ve huy getiririz. Bu dünyaya bizim özel armağanımızdır. Hepimiz kendimizi aynı beklenen biçimlerde ifade edebilseydik bu ne kadar tekdüze olurdu. Farklılık bizi bu kadar çekici yapan insan davranışının baharatıdır.

Kimimiz yaşamımızda riskleri göze olarak cesur adımlarla ilerleriz, kimimiz güvenli olmayı yeğler. Bazılarımız sosyal ilişkilere girmeye heveslidir, bir kısmımız yalnız kalmaktan mutluyuzdur. Bazılarımız içimizden geleni yaparız, bir kısmımız tedbirli davranırız. Kimi kusursuzluk yanlısıdır, kimi fazla titizlik etmez. Sevdiğimizde bu farklılıkların bilincine varırız ve değişik davranışları olanlara kendi değerlerimizi zorla kabul ettirmemeye dikkat ederiz.

Sevgimizde herkese yer vardır. Farklılıklara açık olduğumuz sürece zenginleşiriz. Bu dünyada ne kadar insan varsa, o kadar yaşam yaklaşımı vardır. Bu yolların ne kadar çoğunu anlar ve kabul edersek sevgimiz o kadar tam olacaktır.

Fransızlar, "Yaşasın farklılık," derler. Sevgi de bu sözü yansıtır.

♥

Farklı olunduğu halde normal olmak mümkündür.
ANNE WILSON SCHAEF

SEVGİ VE YENİ BAŞLANGIÇLAR

YAŞAMIN ruhu yenilenmedir. Eğer gerçekten yaşıyorsak, her gün yeniden doğarız. En önemsiz şeyleri bile yaşadığımız deneyden etkilenmeden özümseyemeyiz. Her dakika yenilik ve keşif için, anlama ve gerçekleştirme için, sevme ve sevilme için yeni fırsatlar yaratır.

Yaşamımızın çoğunu her gün aynı insanlar arasında geçiririz. Bunlar yüzeyde hiç değişmiyormuş gibi göründüğünden bu yüzeyin altında bir değişiklik dünyasının hiç farkına varılmadan sürebileceği aklımıza gelmeyebilir.

Değişime dirensek bile, doğduğumuz anda kaçınılmaz ölüm yolunda ilerlemeye başladığımız söylenebilir. Vücutlarımızın dramatik değişimler geçirdiği bir sır değildir; zihnimizin, zevkimizin, fikir, inanç ve hayallerimizin de her gün değiştiği kabul edilmelidir.

Sevenler sevdikleri insan hakkında hiçbir şeyi kesin olarak kabul edemeyeceklerini bilirler. Her insanın, her nesnenin, her günün ve her anın kendi hikayesini anlatmasına izin verilmelidir. Onlar duyularının kendilerini aldatabileceğini, ancak sevgi yoluyla yeni başlangıçlarla dolu bir yaşamı kabul etmeye götürüldüklerini bilirler.

♥

İnsanlar değişirler ve bunu birbirlerine söylemezler.
LILLIAN HELLMAN

SEVGİ VE SABIR

SEVGİYİ sabır kadar hiçbir şey besleyemez. Bizim bekle-memizi, anlamamızı ve umut etmemizi sağlayan nitelik budur. Sürekli hızla ileri gitmeye yönelmiş bir dünyada bu kimi zaman unutulmuş görünmektedir.

Sabır düşkırıklıkları ve başarısızlıklar karşısında kendine hakim olmayı ve düşünmeyi gösterir. Ancak biz eylem isteriz, çözüm ve yanıt isteriz. Ve bunları hemen isteriz. Bu felsefe gereksiz acı ve umutsuzluğa neden olan pek çok acele kararların verilmesinden sorumludur.

Sevgide en önemli yanıtların bulunması zaman alır, ve bu zaman umutla, baskıların olmamasıyla desteklenir. Sorunlarımızın çoğu sabrın ışığında hemen kaybolan gölgelerdir. İyi ve uzun zamandır seven insanlar üstün zevk anlarıyla birlikte huzursuzluk anlarını da kabul etmeyi öğrenmişlerdir.

Sabrın en büyük ödülü uzun süreli sevgidir.

♥

Bir şeyi sevmenin yolu onun kaybolabileceğini bilmektir.
G.K. CHESTERTON

OLASILIKLAR ÜZERİNDE DURMAK

SEVENLER olumsuzluklardan güzelliğe, iyiliğe ve neşeye dönerler. Yaşamın karanlık yanlarını bilmelerine karşın, ona yönelmekten kaçınırlar. Dünyanın kötü yanlarına saplanmak iyi ve güzel olana karşı bizi kör eder. Diğer yandan, olasılıkların ışığında çözümler daha kolay görünürler.

Güzellik ve iyilik, çirkinlik ve kötülüğe karşı başarılı güçlerdir. Olumlu insanların varlığın hafifliğini aradıkları gibi olumsuz insanlar hep olumsuzun doğrulanmasını ararlar (ve de bunu bulurlar). Her ikisi de vardır. Her ikisi de gerçektir ve hep bizimle birliktedir. Aradaki fark bir karar verme kadar temel ve gözlerimizi açmak kadar basittir.

♥

İyilik de içinde olmak üzere toplum yanlısı her türlü
davranış o kadar normal ve beklenen bir şeydir ki,
bunu farketmeyiz bile. Bizi şaşırtan bunu tersi ya da yokluğudur.
Zalimlik dikkati çeker, iyilik çekmez.
MORTON HUNT

SEVMENİN EĞLENCELİ YANI

İLK aşkımız genellikle yaşamımızın en doruk noktasıdır. Yeyip içemeyiz, uyumakta güçlük çekeriz, sevgimiz dışında hiçbir konuda mantıklı düşünemeyecek kadar aşkla dolu oluruz. Kendi kontrolumuzun dışında bir mutluluk duyarız. Her şey kusursuz ve tanımlanamayacak kadar güzeldir. Günler tılsımlı, sevecenlik, kahkaha ve sürpriz doludur. Ama bir süre sonra aşkı bu kadar özel bulan şeyleri aşarız. Kendi kendimize, "Sevmenin sevincine ne oldu? Bunu bir eğlence olarak nasıl görebildim? Bu eğlence neden ve nasıl kayboldu gitti?" diye sorarız. Gayet geçerli yetişkin kurallarına uyarak eğlence hemen hemen uçup gitmiştir. Mantıksızlık ve yaşamı olduğu gibi alma mantığın ve sorumluluğun kurbanları olmuştur.

Aşk bu kadar da ciddi değildir. Önceden kestirilebileni aşmaya ve sevginin gerekli bir parçası olan mantıksız düşünceyi yeniden kabul etmeye istekliysek sevme sevincini bir daha yaşayabiliriz.

Aşkın ilk deneyimleri olan kahkaha, neşe ve sürprizi unutmamıza asla izin vermezsek aşk idealine sadık kalabiliriz.

♥

Kazanmaya çalışırken bir kayıp hissederiz. Kaybı hissedince tek olduğumuzu görürüz. Tek olduğumuzu görünce oynamak isteriz. Oyuna başlamak için de sevgiye açılırız.
O. FRED DONALDSON

Mükemmellik kusursuzluğu kovalamaktır, onu elde etmek değil

♥

İHTİYAÇ DUYMAK SEVMEKTEN
FARKLI BİR ŞEYDİR

HEPİMİZİN sevilmeye ihtiyacımız vardır, ama çok azımız bize ihtiyaç duyulmasından hoşlanırız. Sevmenin bir parçası da ortak pek çok şey paylaştığımız, bizi seven ve yanlış, şaşkın ya da bağımlı olduğumuz zaman bile bizi destekleyecek olan insanlarla birlikte olmanın sevincidir. Ancak başkaları kendileri tatmin için bizi kullanırlarsa ihtiyaç bir ruhsal hastalığa dönüşür. Hiçbirimizin kendilerini tümüyle bize veren insanların sorumluluğuna ihtiyacımız yoktur. Bu yük taşınmayacak kadar ağırdır.

Neyse ki, sevgi kendi kendini tatmin eder. Sadece kendi çabalarımızla tam bir bütün oluruz. Nevrotik bir ihtiyaç ise sadece başka biri tarafından tatmin edilebilen bir yoksunluk demektir. Sevmek kendi iki ayağımızın üstünde durmak, kendimize güvenmek, kendi yolumuzu kendimizin açması demektir. Zaman zaman başkalarının yardımına ihtiyaç duyabiliriz, ama sadece kendimizin tatmin edeceği ihtiyaçların tatminini onlardan bekleyemeyiz.

♥

Birine duygusal olarak bağlanmak çok güçtür,
ama yalnız olmak ise olanaksızdır.
STEPHEN SONDHEİM

SEVGİ BİR DAVRANIŞTIR

Ö NEMLİ olan bize ne olduğu değil, ona nasıl tepki gösterdiğimizdir. Başka insanların söyleyip yaptıkları üzerinde, doğal afetlerin neler getireceği üzerinde, ya da hepimizin yaşlanıp öleceğimiz konusunda yapacak pek bir şeyimiz yoktur. Ancak bütün bunlara göstereceğimiz tepkinin kontrolu bizim elimizdedir.

İnanç, tutum ve davranışlarımızdan tam olarak sorumlu olduğumuzu hepimiz kabul etmeliyiz. Örneğin, sevgisiz olmak yaşamın bize oynadığı kötü bir oyun değildir. Bu, daha çok, sevgiyi yaşamımızdan çıkartıp atmak için bizim verdiğimiz bilinçli bir karardır. Bir sorunda rolümüzü kabul etmekten çok kendimizi zalim kaderin kurbanı olarak düşünmek çoğunlukla daha kolaydır. Sevgiyi yaşamlarımıza geri getirmek için bizim de kısmen sorumlu olduğumuzu görmemek doğru değildir.

Bir Zen deyişi vardır:
Samanlığım yandı,
Şimdi mehtabı görebiliyorum.

Samanlığın yanması bir felaket midir, yoksa bir avantaj mı?

♥

İyi ya da kötü bir şey yoktur, sadece
düşünce onu öyle yapar.
WILLIAM SHAKESPEARE

SEVGİ ÖLÜMSÜZDÜR

HEPİMİZİ ortak bir kadere bağlayan ölüm en büyük eşitlikçidir. Bizi başkalarından ayıracak şey geriye bıraktığımız anılar olacaktır.

Babamın ölümünden sonra yeğenlerimden birinin bir sözü beni çok etkilemişti: "Dedem ölmedi. Onun ölmesine izin vermeyeceğim!"

Bunu bir çocuk söylemiş olabilir, ama yine de gerçektir. Bizi seven biri oldukça yaşarız. Anılar bizi ölümsüz yaparlar. Gerçekte, sevgi anılardan bile daha uzun yaşar.

♥

Arkada bıraktığımız kalplerde yaşamak, ölmemektir.
THOMES CAMPBELL

SEVGİYİ HİSSETTİRMEK

BÜYÜK bir çoğunluğumuz sakin ve gösterişsiz bir yaşam yaşarız. Bizler için ne geçit törenleri yapılacak, ne adımıza anıtlar dikilecektir. Ama bu bizim dünyaya yapabileceğimiz etkiyi azaltmaz, çünkü bizim gibi birinin gelmesini bekleyen onlarca insan olacaktır: merhametimizi, özendirmemizi takdir edecek, bizim kendimize ölgü yeteneklerimize ihtiyaç duyacak insanlar. Biz verebileceğimizi paylaşmak için zaman ayırdık diye daha mutlu yaşamlar sürdürecek insanlar olacaktır.

Bir dokunmanın, bir gülümsemenin, sevecen bir sözcüğün, dürüst bir övgünün, herbiri bir yaşamı değiştirecek bu hareketlerin gücünü çoğu kez küçümseriz. Sevgimizi hissettirmek için ne kadar fırsat olduğunu düşünmek gerçekten şaşırtıcıdır.

♥

Hizmet büyük bir şey değildir. Bir milyon küçük şeydir.
ANONİM

Her şeyi bildiklerini sananların bunun doğru olmadığını bilmelerinin yolu yoktur

YANLIŞ YAPMAK ÜSTÜNE

BAZILARIMIZ bir yanlışlık yapma olasılığıyla felç oluruz. Sanki yanlışlıklarımız kağıda hiç çıkarılmamak üzere geçen, asla düzeltilemeyecek suluboya imiş gibi davranırız. Böyle olunca da en küçük kararları bile travmatik deneyimlere dönüştürürüz. Bu tür insanlar zamanla hareketsizlik ve kararsızlıklarıyla yönetilirler ve yaşamlarını beklemeye alırlar.

Diğer yandan yanlışlarını fırsat olarak görenler de vardır. Bunlar yanlış yaptıkları zaman ne ıstırapla kıvranırlar, ne de kendilerine güvenmekten vazgeçerler.

Ne kadar akıllı ya da duyarlı olursa olsun, herkesin yanlışlık yaptığını ve herhalde yapmaya da devam edeceğini görüp bilmek rahatlatıcı bir şeydir. O yüzden neden kusurlarınızı kabul edip insan soyuna katılmıyor ve rahatınıza bakmıyorsunuz?

♥

Yanlışlık yaparak geçirilen bir yaşam, hiçbir şey yapmadan
geçirilen bir yaşamdan hem daha
şerefli, hem daha yararlıdır.
GEORGE BERNARD SHAW

KENDİNE SAYGI

KENDİMİZE sağlıklı bir özsaygımız olursa başarabileceğimiz şeylerin sınırı yoktur. Bizim için her şeyin mümkün olacağına inandığımız zaman başarı doğal olur.

Kendi gelişmemiz ve mutluluğumuz için neyin gerekli olduğunu bizden iyi kimse bilemez. Kendi yaşamlarını yönetenler iyiyürekli cinlere ya da gezegenlerin uyumlu dizilişlerine güvenmezler. Hedeflerine varmak için bilgi, deneyim, sıkı çalışma, kendine inanç ve iyimserliği kullanırlar.

Mutluluğumuzun kaynağının kendimiz olduğuna inandığımız sürece hayallerimizin sınırı olamaz.

♥

İster yapabileceğini düşün, ister yapamayacağını,
her iki durumda da haklı olan sensin.
HENRY FORD

SÜREGELEN ÇATIŞMALAR

DÜNYAYI sarsan çatışmaları çözümlemekte, gayet basit kişilerarası çatışmaları önlemekten daha başarılıyızdır. Yaşamımız çelişkiler ve düşkırıklıklarıyla doluymuş gibi göründüğünde çoğunlukla bir çözüm bulmaya hazır değilizdir. Mantığın yönetiminde olmak isteriz ama genellikle tutkularımız üstün çıkar ve sonunda içimizde başlayan savaş asla kesin bir zaferle bitmez.

Anlayıp kontrol edebilmeyi öğrenene kadar duygularımızın kölesinden başka bir şey değiliz bizler. Nedensiz duygular da sadece karmaşa ve düzensizliğe neden olurlar.

Hissettiklerimiz için sürekli özür dilemek gerekli değildir. Sevgi duygulardan doğar, ama zeka ile beslenir. Bu iki gerekli unsur, dengelendiği takdirde sevginin gelişmesi ve devamlılığını güvence altına alacaktır.

♥

Baş asla kalbe hükmetmez, sadece onun suçortağı olur.
MIGNON MCLAUGHLİN

SEVGİ VE İŞBİRLİĞİ

BİRBİRİMİZE ihtiyacımız vardır. Tek başımıza başarılı olamayız. Eğer bilecek ya da bizimle kutlayacak biri olmazsa başarılı olmanın ne yararı olur? Sevdiklerimizin desteğine ihtiyacımız vardır; onların da bize. Tek başına çalışma yerine birlikte çalışmakla daha iyi, daha sağlıklı ve daha uzun yaşarız. Tümden kendine yeterlilik egoistçe bir hayaldir. İşbirliğinde çok daha fazla kuvvet vardır. Başkasının ihtiyacı olanı arayarak ona nasıl daha iyi yardım edebileceğimize karar verebiliriz. Bu süreç içinde bir başkasının yaşamını yüceltirken kendimizin de yararlı çıkacağımızı öğreniriz.

♥

Beraber olmak bir başlangıçtır. Beraber
kalabilmek bir ilerlemedir. Beraber çalışmak başarıdır.
ANONİM

AŞK GÜÇLÜLERİN ÖDÜLÜDÜR

SEVMEK büyük cesaret ister. Çoğu zaman çaba gerektirmeyen bir şeymiş gibi görünürse de, sevmiş olan herkes bunun böyle olmadığını söyleyecektir. Sevgi, doğası gereği reddedilmeyi göze almamızı, direnme engellerini aşmamızı, zayıflıklarımızın üstesinden gelip tüm kaynaklarımızı kullanmamızı gerektirir. Reddedildiğimiz takdirde yeniden kalkıp deneyecek cesarete ihtiyacımız olacaktır. İncinmişsek yeniden düzeleceğimize inancımız olmalıdır. Umutsuzsak devam edebilmek için insan onurluluğunu toplamalıyız.

Yol boyunca karşılaşabileceğimiz engellerle yüzyüze gelme cesaretiyle yaşamamızın yolunu belirleyen aktörler oluruz.

♥

*Nasıl ve ne zaman öleceğinizi seçmek sizin
elinizde değildir. Siz sadece nasıl
yaşayacağınızı seçebilirsiniz. Şimdi.*
JOAN BAEZ

AŞKTA BAŞARI

AŞKTA hazır başarı yoktur. Yaşamdaki diğer başarılar gibi bu da, sadece elde edildikten sonra anlaşılabilir. Başarı adım adım, her adım bir sonrakini getirerek, her başarı ya da başarısızlık gelecek için hazırlanılmasını sağlayarak gelir.

Aşk ilişkileri cennette kararlaştırılmış olabilir, ama yeryüzünde yaşanacaktır. Bu ilişkiler, ilgisizlik ve ihmal anlarını aşabilmek için, kararlı bir çaba ve kendini adama gerektirir. İki kişi sevgiyle bir araya geldiklerinde bu ilişkiler büyür ve yönün kaybedilmiş olduğu sanılan zamanlarda bile büyümesini kesintiye uğratmaz.

Aşkın hikayesini ancak geriye baktığımızda anlatabilirsek de, aslında her yıl, her ay, her gün, her saat, her an o hikayeyi yaratmaktayız.

♥

Spinosa, günün ve geleceğin geçmişten farklı
olmasını istiyorsak, bize geçmişi incelememizi, onu
öyle yapan nedenler bulmamızı ve önümüze farklı
nedenler getirmemizi söyler.
WİLL VE ARİEL DURANT

SEVGİ VE GÖZYAŞI

BİLİMİN bizim güdüsel olarak bildiğimiz bir şeyi doğrulaması her zaman hoşumuza gider. Örneğin, geçenlerde yetişkinlerin ağlamaları konusunda bir yazı okudum. Bilimsel araştırmalar duygu gözyaşlarında ağrı kesici olduğu bilinen bir kimyasal madde olduğunu ve bu nedenle ıstırap anlarında ağlamanın iyi olacağını saptamışlar.

Hepimiz biliriz ki sıkıntılı anlarımızda, "Bu da geçer," denilmesinin, veya kendimize hakim olmamızın, ya da sevginin sonunda bizi tedavi edeceğinin söylenmesinin bir yararı yoktur. Bu arada güzel bir ağlama kadar tatmin edici ve onarıcı hiçbir şey olamaz.

♥

Tüm kalpleriyle ağlamayı bilemeyenler
gülmesini de bilemezler.
GOLDA MEİR

Sevmek için daha
iyi ya da daha uygun bir zaman
olabileceği düşüncesi pek çok
insanda bir yaşamboyu
pişmanlığa neden olmuştur

SEVGİNİN YÜZÜ

DOĞRU olan sözcükleri bulamayacağınızdan kaygılanan bir insansanız yine de korkmanıza gerek yoktur. Psikolog Albert Fehrabian bize iletişimin yüzde yedi sözlü, yüzde otuz sekiz sesli ve yüzde elli beş mimikli olduğunu söyler. Ona göre, kullandığımız sözcükler yüz ifademizden çok daha az şey anlatmaktadır.

Ben yetişme çağındayken annemle babamın yüz ifadelerini okumayı öğrendiğim günleri hâlâ hatırlarım. Babamın yanlış anlaşılmaya imkan vermeyen ve bir mutluluk ifadesiyle son bulacak belirli bir gülümsemesi vardı. Çatık kaşları ve yarı kapalı gözkapakları bize dikkatli olmamızı açıkça söylerdi. Annem gözlerini yuvarlayıp başını iki yana salladı mı uslu durma zamanı gelmiş demekti. Hiç kuşkusuz sevgilerini göstermenin de bir yolu vardı ve bugün yüzlerini gözlerimin önüne getirdiğimde bunu hâlâ görebilirim.

Söylediklerimizi ve düşündüklerimizi yüzlerimizin nasıl yansıttığına biraz kafa yormak iyi bir şeydir. Arkadaşlarımı selamladığımda kendilerine hep nasıl olduklarını sorarım. Çatık kaşlarla, "İyiyim," derler. "O zaman neden bunu yüzüne de söylemiyorsun?" demek gelir içimden.

♥

Dünya bir aynadır ve herkese kendi
yüzünün yansımasını gösterir.
WILLIAM THACKERAY

BİR SEVGİ ARMAĞANI

SEVGİ her zaman bir armağandır -karşılıksız, isteyerek ve beklentisiz verilir. Anlaşılmasa ya da takdir edilmese de verilir. Biz sevilmeyi sevmeyiz, sevmeyi severiz.

♥

İyilik yapmak isteyen kapıyı vurur.
Seven, kapıyı açık bulur.
RABİNDRANATH TAGORE

SEVGİ EĞİTİMİ ÜZERİNE

GEÇENLERDE profesyonel bir eğitimcinin eğitimin zararlarından söz ettiğini duydum. Genç yetişkinler ve onların yarının isteklerini karşılamadaki sıkıntıları üzerinde duruyordu. Söyledikleri mantıklıydı ama tam olmayan bir resim sergilendiriyordu, bu durum da beni üzdü ve düşkırıklığına uğrattı. Eğitimci bilginin her üç yılda bir katlandığını ve eğitimin bu meydan okumaya karşı çıkamadığını anlattı. Ama ne yazıktır ki, yarının yetişkinlerinin seven insanlar olmayı öğrenmeye her zamandan çok ihtiyaçları olacağı üzerinde hiç durmadı. Duyarlılık, sorumluluk ve başka insanlara ve çevremize bağlılık ihtiyacı konusunda hiçbir şey söylemedi.

Bilgimiz bu kadar çabuk eskiyorsa bence bunun çoğu geçici olmalıdır. Belki de çocuklarımıza tüm bilginin bir gecede modası geçmiş olmayacağını, kitapları ve değişen inançlarımızı aşan gerçekler olduğunu öğretmemiz gerekmektedir. En son teknolojiyi ve nasıl başarılı olacağını öğretmek iyiliği, vermeyi, sevmeyi öğretmeyi dışlamamalıdır herhalde. Bunlar bugünkü hızla değişen dünyamızda bile teknik başarının olduğu kadar insanın yaşamını sürdürmek için gerekli sabit gerçeklerdir.

♥

Geleceğin tarihinde milyarlarca yıllık geçmişte
oluşan yaşam mirasını yok eden kuşaklar
olarak yer almayalım.
CHARLES A. LİNDBERGH

SEVGİNİN GÜVENCESİ

BİR zamanlar kendisini ihmal eden eşinden intikam almak isteyen bir kadının hikayesini duymuştum. Kadın kendini ihmal edilmiş ve ihanete uğramış hissediyordu. Tabiatında bunu kötü yollarla göstermek ya da acı sözlerle dile getirmek olmadığından, kocasına sevgi yağdırmaya, onu sevgi ve sevecenliğiyle öldürmeye karar verdi. Planının şaşırtıcı etkileri oldu. Evlilikleri kısa zamanda yepyeni bir havaya kavuşmuştu. Kadının bu yeni ve beklenmeyen sevgi ifadesi üzerine kocası da aynı şekilde karşılık vermeye başladı. İlişkilerinde eksik olan şeyi birden buluvermişlerdi: sevginin sürekli güvencesi. Sevgi sürekli sergilenerek daha çok belirginleşir.

♥

Sözlü iyilik güven yaratır. Düşüncede
iyilik derin anlamlılık kazandırır.
Vermede iyilik sevgi yaratır.
LAO-TZU

243

NEZAKET VE SEVGİ

NEZAKET hakkında pek çok şey bilen Thomas Aquinas birini görüşünüze getirmek istiyorsanız ona gidip elinden tutarak yol göstermeniz gerektiğini söylemiştir. Uzakta durup bağırmamalısınız; onlara seslenip yanınıza gelmelerini söylememelisiniz. Onların olduğu yerden işe başlamalısınız. Aquinas onların görüş açılarını yeniden düşünmeleri ve belki de tutumlarını değiştirtmenin en iyi yolunun bu olduğunu söylemektedir.

Pek çok kimsenin kuvvete saygı gösterdikleri doğruysa da, bunu her zaman nezaket ile bir tutmazlar. Ancak nezaket her zaman kuvvetten çıkar. Kuvvetli olunca zayıflığı, korkuyu ya da öfkeyi suçlamamayı öğreniriz. Kuvvet bizi yakınlık duymaya, daha uyumlu olmaya özendirir. Birini gerçekten kalbimize yaklaştırmak istiyorsak, biraz nezaket bunun en güçlü yoludur.

♥

Arkadaşınızın alnındaki sineği kovmak
için balta kullanmayın.
ÇİN ATASÖZÜ

ÖDÜN VERME

BİR ilişkiye girmeden önce kendi kendimize ne kadar ödün vermeye hazır olduğumuzu sormak iyi olur. Eğer kişi olarak uyum sağlamaya isteksizsek, belki de yalnız kalarak büyük bir mutsuzluktan kurtulabiliriz. Sevdiğimizi yaralamakla zekiliğimizi nasıl kanıtladığımızı hiç anlayamamışımdır. Değer verdiğimiz ilişkilerimizi sürekli tehdit ettikleri halde inançlarımızda ısrar etmemiz neden bu kadar önemlidir? Sürekli kırgınlık ve huzursuzluk yaratacaksa hep haklı olmak neden bu kadar gereklidir?

Kuşkusuz, esnekliğimizin ve ödün vermeye hazır olmamızın da sınırları olmalıdır. Ancak bizden kendimiz için gerçekten gerekli olanı vermemiz çok seyrek olarak istenir. İnsanların bizden ihtiyaç duydukları şey biraz anlayıştır. Bu da ne zaman bir hareket yapıp yapmamayı, ne zaman fikrimizi söyleyip ne zaman susmamız gerektiğini, ne zaman direnip ne zaman kabul edeceğimizi, ne zaman kendimize sınırlar koyup bunları ne zaman genişleteceğimizi bilmek demektir. Boyun eğmek isteğimizle kendimize ve başkalarına zarar vermeden ne kadar ileri gidebileceğimiz arasında bir denge sağlayabildiğimiz zaman sevgide akıl yolunu seçmiş oluruz.

♥

Kazanma aşırı vurgulanmaktadır. Bunun gerçekten önemli olduğu tek zaman ameliyatlarda ya da savaştadır.
AL MCGUİRE

SEVGİ ORTAMI

EĞER akıllıysak sevgi ortamımızı yaratmak için çaba gösteririz. Tutkunun sevecenliği gölgelemediği, fiziki ihtiyaçların duygusal ihtiyaçlardan daha önemli olmadığı yerlerde mutluyuzdur. Burada farklılıklara katlanılmaz, bunlar kutlanır. Ve burada saygı yok olmasına izin verilecek yerde, yetişir. Bu ortam kayıtsızlığın yerini gerçek paylaşmanın aldığı yerdir. Bu sevgi ortamı hiçbir şeyin yapamadığı gibi özendirir ve hiçbirşeyin besleyemediği gibi besler.

♥

İnsan kendini çevresine biçim
veren kararlarla biçimlendirir.
RENE DUBOİS

SEVGİ VE ÖZGÜRLÜK

Ö ZGÜRLÜKTE seçim, sorumluluk ve kendini adama vardır ve bedava değildir. Bunun her zaman bir bedeli vardır. Süreç içinde birşeylerden vazgeçmeden sevemeyiz. Bazı insanlar bunu bir kölelik türü, özgürlüğü terketme olarak görürler. Ancak sevdiğimiz zaman, bunu isteyerek yaparız. Kendimizden birşeyler verdiğimizde kendine dönüklüğün hapisanesinden kurtuluruz ve böylece ne kadar çok verirsek, o kadar özgür oluruz.

♥

Özgürlük daha iyi olma fırsatından başka bir şey değildir.
ALBERT CAMUS

Sevgiyi daha az isteyip daha çok verdiğimiz zaman insan sevgisinin sırrını öğreniriz

SEVME KORKUSU

SEVGİNİN en büyük engellerinden biri korkudur. Bu kimi zaman hepimizi korkak yapar. Güvenli yolu seçmemize, kendimizi bağlamaktan kaçınmamıza, kendimizden ve başkalarından saklanmamıza neden olur. Kendi güvenliğimizin sığınağında yaşama anlamını ve sevincini veren her şeyden uzak dururuz.

Korkularımızla yüzyüze gelmek ne bir ilişkiden kaçmak, ne de acıya dayanıklı olacak sert bir kabuk geliştirmektir. Korkunun yaşam yolumuzu belirlemesine izin vermek iç seslerimizden sadece birini dinlemektir. Dinleyecek başka sesler de vardır. Bunlardan biri karşı karşıya olduğumuz en kötü korkunun sevgiden yoksun bırakılmış yaşam olduğunu söyler. Yeteri kadar güçlü bir sevginin olduğu yerde korku ve düşkırıklığı sıfıra indirilir.

♥

Yaşamda korkulacak bir şey yoktur,
sadece anlaşılacak şeyler vardır.
MARIE CURIE

BUGÜNÜN KARARLARINI DÜNÜN ANILARINA DAYANDIRMAYIN

HEPİMİZİN büyük bir ölçüde anılarımızın ürünleri olduğumuzda hiç kuşku yoktur. Biz farkına varmadan geçmiş deneyimlerimiz ağ gibi çevremizi sarıp yaşam görüşümüzü kaplar. Yeni fikirler eski inançların arasından süzülerek içeri girerler. Neyin ne olduğunu anlamaya çalıştığımızda, geçmişte olanla sınırlanırız.

Ama umut vardır. Kimse sürekli olarak önceden programlanmış değildir. Hepimizde yeni deneyimleri özümseme yeteneği vardır. Bunun için anılarımızla savaşmalı, onların gücünü azaltmalıyız. Geleceğimizin geçmişimizin yenilenmesinden başka bir şey olmasını istemiyorsak, geçmişin davranışlarımızı etkileme gücünün bilincinde olmalıyız. Ancak o zaman kendi geleceğimizi yaratmakta özgür olabiliriz.

♥

Belleğimiz bir canavardır. Siz unutursunuz,
o unutmaz. O sadece herşeyi dosyalar.
Sizin için ya da sizden birşeyler saklar.
Ve kendi iradesiyle anılarınızı canlandırır. Siz
belleğinize sahip olduğunuzu sanırsınız, ancak o size sahiptir!
JOHN İRVING

SEVMENİN ZEVKİ

SONUCUN çok zevkli olduğunu bildiğimiz için sevgi uğruna çok şeye katlanırız. Gerçekte de belki hayal edebileceğimiz duygular arasında bundan daha tatmin edicisi yoktur. Sadece sevdiğimiz zaman en derin sevinç ve huzur, en büyük güvenlik duygularımızı yaşarız. Sevgi bu zevklerin vaad edilmesiyle güçlenir ve biz bunların beklentisiyle sevmeye devam ederiz.

Bir sorun varsa, bu, zevkten kuşku duymamız öğretildiği gerçeğinden doğar. Bunun bir hayal olduğu, hatta günah olduğu söylenir bize. Bunu yaşadığımız zaman suçluluk duymamız sağlanır. Bu zevkin sevgi arayışımızda en büyük etken olmasına karşın hem de. Zevk sevginin en tatlı ödülüdür.

♥

İnsan, hayvanların aksine, yaşamın tek amacının
ondan zevk almak olduğunu asla öğrenememiştir.
SAMUEL BUTLER

SEVGİ VE FIRSAT

SEVGİ açlığı çekiyorsak bunun nedeni sevgi tanımlarımızın dar olmasıdır. Neyse ki, iş sevgiye gelince fırsat insanın kapısını bir kereden fazla çalar. Aksi takdirde hepimiz zavallı ve sevgisiz insanlar olurduk.

Sevgi ısrarlıdır. Kapıyı vurmaya, kucaklamaya ve kucaklanmaya, büyüsünü paylaşmaya hazırdır. Bizden tek istediği onu kabule hazır olmamızdır. Yaptığımız her harekette sevgi fırsatı vardır.

Sevgi pek çok kılığa girdiği ve o anda tanınmadığı için genellikle sevme fırsatını kaçırırız. Efsanelerimiz ve peri masallarımız bunun örnekleriyle doludur. Bir kurbağayı öper misin, diye sorarlar. Gürültücü yaşlı cücelere bakar mısın? Sarı tuğladan yoldan geçmeye cesaret edebilir misin? Canavarlarla düello yapar mısın? Dünyayı dolaşabilir misin?

Kuşkusuz, günlük yaşamımızda karşımıza daha az egzotik fırsatlar çıkacaktır. Bunları almak ya da reddetmek elimizdedir. Ancak sevgiyi yanlış yerlerde arayıp da yakınanlar yakınmayı bırakıp gözlerini biraz daha açsalar daha iyi ederler.

♥
Hayallerinize sımsıkı sarılın, çünkü hayaller
ölürse yaşam kanadı kırık bir kuşa döner.
LANGSTON HUGHES

GÜVENLİK VE SEVGİ

HERKES kendi aşkının sürekli olacağı garantisini ister. Evlendiğimiz zaman bile bu yolda yemin eder ve ölümsüz aşkımızı açıkça ilan ederiz. Eskiden herkesin sonsuza kadar aşık kalmaları beklenirdi. Ama emin olcağımız tek şey değişiklik olacağıdır. Belli belirsiz de olsa, dramatik de olsa, bu değişikliğe güvenmeliyiz.

Aşkın garanti taşımadığını bildiğimize göre, bilebileceğimiz tek güvence onun dinamik olduğu ve, nasıl beslendiğine bağlı olarak büyüyeceği ya da öleceğidir. Güvenlik onun değişen doğasının kabulünde yatar. Bunu bilince de korkacak hiçbir şeyimiz olmaz.

♥

Gerçek güvenlik, çelişki gibi görünse de, sadece büyümede, reformda ve değişimdedir.
ANNE MORROW LİNDBERGH

Sevgi bir rekabet sporu değildir

MİZAH ANLAYIŞI SEVGİ
İÇİN YARARLIDIR

ARKADAŞLARLA buluşmanın özlemle beklenen buluşmadan çok bir yükümlülük gibi geldiği o uzun ve sıkıntılı günlerden birini geçirmiştim. Yemek için gittiğimde evsahiplerim benden yukarı çıkıp dört yaşındaki kızlarına kitap okumamı istediler. Küçük kızın en sevdiği 'amcası' bendim. Bu pek hoşuma gitmediyse de, bir çocuğu düşkırıklığına uğratacak bir şeyi asla yapamazdım.

Carolyn'in bana uzattığı kitap kendisine yüz kere okunmuş olan en sevdiği kitaptı. Ancak çocuklarda büyü asla yaşlanmaz. Dev bir balkabağının otomobile dönüşüp en iyi arkadaşları kertenkele ve baykuşla bir yolculuğa çıkmasının hikayesiydi. İkimiz kitabı okuyup da bu güzel saçmalıklara gülerken günün birikmiş aksiliğinin üzerimden eriyip aktığını hissettim.

İçimizde hep varolduğunu düşünmekten hoşlandığımız küçük çocuğun kimi zaman, bir an için bile olsa, bir balkabağı, bir kertenkele ve bir baykuşla neşeli bir yolculuk yapmak için dışarı çıkması için kimi zaman kandırılması gerektiğini hatırladım.

Bu çılgın ve harika dünyadan bir anlam çıkarmaya çalışmak gerçekten de dağlar gibi düşünmeyi ve metaneti gerektirir, ancak zaman zaman biraz hayal ve eğlencenin de zararı yoktur. Dünya akıllılığımızdan olduğu kadar çılgınlığımızdan da yararlı çıkar.

♥

Akıllılık iyi amaçla kullanılan çılgınlıktır.
GEORGE SANTAYANA

SEVGİ VE ANLAYIŞ

İNANDIĞIMIZ her şey gerçek olsaydı ve gerçekler algılarımıza uyum gösterseydi sevgi çok basitleşirdi. Ama algılama hiç de böyle değildir. Biz görmeye hazır olduğumuzu görürüz ve inanmaya hazır olduğumuza inanırız. Geniş anlamıyla düşünürsek, bizler zaten olduğumuz kişinin köleleriyiz.

Sevgide anlayış, beklentilerin ve algılamaların ucunu bırakıp gerçeğin ortada olan kanıtlarını kendisini sunmaya bırakmaktır. Bu klişelerden ve katı önyargılardan uzak olup yeni deneyimlere açık olmak demektir.

Bir şeyi ya da birini sevmediğimizi söylediğimizde, bu genellikle onu açık seçik göremediğimiz demektir. Daha iyi bir anlayışa varmak ağır ve zahmetli bir iştir, ancak ödülleri de çok büyüktür. Yeni şeyler öğrenmenin ve köhneleşmiş inançlarımızı değiştirmenin ıstırap verici olduğunu öğrenebiliriz, ancak statik ve anlayışsız kalmak uzun vadede çok daha pahalı ve ıstırap vericidir.

♥

Hoşgörü bir başkasının inançlarını, uygulama ve huylarını, onları kabul etme ya da paylaşma gereği olmadan anlamak için harcanan olumlu ve içten çabadır.
JOSHUA LİEBMAN

SEVME ZAMANI

ZAMAN çok garip bir olgudur. En büyük düzleme aracıdır, demokratiktir, kesindir. Sahip olduğumuz en değerli maldır. Onu bizim iznimiz olmadan kimse bizden çalamaz. Zaman durmadan ilerler ve onu durduramayız. Yarının zaman deposunun hazır beklediğini düşünerek çoğunlukla her anımız konusunda dikkatsiz davranırız.

Soru şudur: Sevgiye ne kadar zaman ayırmaya hazırız? Bunun yanıtı sevgiye verdiğimiz değere bağlıdır.

Zaman gibi sevginin de, kimseyi beklemediğini hatırlamak iyi olacaktır.

♥

*Hep yeterli zamanımız vardır, eğer
onu doğru kullanabilirsek.*
JOHANN WOLFGANG VON GOETHE

SEVGİNİN YALNIZLIĞA İHTİYACI VARDIR

GÜZEL ve bilgece bir deyiş vardır: "Tanrı çoğunlukla fısıldayarak konuşur." Çevremiz öylesine parazitle doludur ki, Tanrı'nın fısıltılarını çoğu zaman duyamayız. Yaşamımız, duygularımız, en gizli düşünce ve hayallerimiz üzerinde düşünmek için yalnız kalmaya ihtiyacımız vardır. Sevdiklerimizi ne kadar seversek sevelim, onlarla birlikte olmaktan ne kadar hoşlanırsak hoşlanalım, eğer sevgimizin devamlı olacağını umuyorsak yalnızlık gereklidir.

Annemle babamın çocuklarının sonu gelmeyen gürültülerinden harika bir kaçış yolları vardı. Biz çocuklar her akşam bulaşık yıkamak, mutfağın yerini silmek gibi evişlerini yaparken onlar bir saatlik bir yürüyüşe çıkarlardı. Biz de onlarla gitmek için ağlardık ama, bunun onların özel zamanları olarak ayrıldığı belliydi. Onlara bu yürüyüşlerde ne yaptıklarını sorduğumuzda bize hiçbir şey yapmadıklarını söylerlerdi. Sadece yürürler, yıldızlara bakarlar, sakinliğin ve birbirlerinin yanında olmanın zevkini çıkarırlardı. Bunu çılgınca bir şey olarak düşünürdük. Bir insan neden bir saatini yıldızları saymakla harcamak istesin ki?

Bu uzun yıllar önceydi. Bir çocuğun duygularıyla özel ve sakin bir zamana ihtiyaç duyulmasını hayal çok güçtü. O günden bu yana kaç yıldız saydığımı size anlatamam. O sakin yalnızlık anlarına duyduğum açlık asla eksilmez.

♥

O derin sessizliği odanızda, bahçenizde,
hatta banyo küvetinizde bile bulabilirsiniz.
ELİZABETH KUBLER ROSS

SEVGİYİ BUGÜN YAŞAYIN

GELECEKTEN korkmak gibi eski kaygıları da yaşanan güne taşımak yararsızdır. Önemli olan tek şey sevgimizi her bir an nasıl yaşadığımızdır. Bunu bilerek bile, geçmiş ve gelecek üzerinde o kadar çok enerji harcarız ki, yaşanan güne harcayacak gücümüz kalmaz. Genç bir öğrencim bu dersi iyi öğrenmişti. Kız bana ilişkilerinin geleceği konusunda sürekli kaygı içinde olduğunu ve bu nedenle sürekli güven duyma ihtiyacı hissettiğini söylemişti. Bu davranışının sağlıklı olmadığını anlıyordu. Bu sürekli kararsızlığı insanları kendisinden uzaklaştırmaktaydı. Kim sürekli kaygılı olan birinin yanında olmak ister ki? Sonunda sakinleşmeye karar verdi. Her şeyi incelemeyi bırakıp gününün keyfini çıkarmaya başladı. İnsanlar bu değişikliği kabul edince de, her şey yerli yerine oturdu.

Kendilerine inananlar ve yaşadıkları ana güvenenler yaşamı en keyifli bulanlardır. Bunla geçmişin pişmanlıkları değil anıları depolayacak bir yer olduğunu; geleceğin korku değil, umutla dolu olması gerektiğini öğrenmişlerdir. Ve bizim sadece günümüze ihtiyacımız vardır.

♥

Geçmiş, günümüzün ve geleceğimizin dövüldüğü örs olarak kullanılmamalıdır.
PAUL-EMILE BORDUAS

Merhamet, sevecenlik ve bağışlamanın egemen olduğu bir hoşgörü eylemidir. merhamet seçimini yaptığımızda, her bireyin onurluluğunu yüceltiriz ki, bu da onları sevmek demektir.

BASİT HAREKETLERİMİZİN
TOPLAM ETKİSİ

HER hareketin bir sonucu vardır. Onun öneminin bilincinde olmayabiliriz, ama her olay önemi ancak zamanla belli olacak daha büyük bir tablonun ortaya çıkmasına yol açar. Bunu kabul edersek, düşünmeden yaptığımız sözde değersiz hareketlerin, düşünmeden söylediğimiz sözlerin ya da umursamadan kırdığımız umutların önemini takdir edebiliriz.

♥

Sadece geçmiş ölümsüzdür.
DELMORE SCHWARTZ

KENDİMİZ OLMAK

HERKESİN bizim için en iyi olanın ne olduğunu bildiği görülüyor. Eğer dikkatle kullak verirsek duyduğumuz seslerin çoğunun öğüt olduğunu göreceğiz. Bize ders veriliyor, azarlanıyoruz, uyarılıyoruz, öğüt veriliyor. Yaşamımızı nasıl sürdürememiz, hedeflerimizin ne olması ve ne düşünmemiz gerektiği söyleniyor durmadan. Hergün karşımıza çıkan insanlar bize kendi fikirlerinin doğru olduğunu anlatmak ve kendileri gibi düşünmemizi sağlamak için bize istatistiki bilgiler, eğilimler, tanıklıklar sunuyorlar.

Yeni bilgi her zaman yararlıdır, ancak bunun iki koşulu varsa: (a) kaynağını gerçekten bilmeliyiz, ve (b) başkasının yanıtlarının bizim için de geçerli olduğunu otomatik olarak kabul etmemeliyiz.

Hepimizin özel ihtiyaçları ve yaşam, sevgi ve öğrenme stili vardır. Yaşamlarımız bizimdir ve onu bizden aldatmayla almaya kalkışanlara karşı dikkatli olmalıyız.

Sevmenin bir tek yolu yoktur. Seven insan kadar sevme, takdir etme ve yüceltme ifadesi vardır.

Mutluluğumuz bizim içimizdedir. Kimi zaman özel bir rehberliğe ihtiyacımız olacaktır, ama bu sadece dengemizi yeniden kazanmamamıza yetecek kadar uzun süreli olmalı ve bizi yolumuza devam etmeye özendirmelidir.

♥

Görevinin olmak olduğu kişi olmayı reddeden
insanın yaşam biçimi alçalma ve küçülmedir.
JOSDE ORTEGA Y GASSET

SEVMEK EĞLENCELİDİR

ŞIK olmak kadar bizi neşelendiren ne vardır? Her anımızı biraz daha canlı yaşarız, dünyanın oyuncağımız olduğu o büyük ama neşe verici duyguyu, o esrarı, o bilinemezliği çok daha yakından hissederiz. Sevmek aslında mizah anlayışımızı derinleştirir. Bizim dünyaya ve insan davranışlarına, özellikle de kendi davranışlarımıza, gülmemizi sağlar. Sevgi davranışı (zamanında öyle görünmezse de) çoğunlukla müthiş komiktir. Bir muhalefete öfkelendiğimiz zaman bu genellikle bilmiş bir gülümsemeyle karşılanır. Sevgimize müdahale saydığımız küçücük ayrıntılar üzerindeki ciddiyetimiz, sonunda aklımız başımıza geldiğinde genellikle çok komiktir.

Eğer seveceksek kesinlikle gülecek çok şey bulacağız.

♥

Mizahın herkes için olmadığını anlıyorum.
Mizah sadece eğlenmek, yaşamdan zevk almak ve
kendini canlı hissetmek isteyenler içindir.
ANNE WILSON SCHAEF

HER GÜN, SEVMEK İÇİN YENİ BİR FIRSAT GETİRİR

GÜNEŞ altında yeni hiçbir şeyin olmadığı söylenir. Bunun büyük bir yalan olduğunu öğrendim artık. Gerçekte güneş altında her gün her şey yenidir! Bütün nesneler büyüme ya da ölme süreci içindedirler, ama hiçbir şey aynı değildir. Her sabah uyandığımızda günün uykumuzu yarıda kesen sıkıcı bir şey olduğunu da düşünebiliriz, onu birkaç yeni fikri yaymak için yeni bir fırsat olarak da kabul edebiliriz. Eğer uyanıp da görebilirsek her günün üzerinde onun yeniliklerle dolu olduğunu yazılı olduğunu fark edebiliriz.

Yeni şeyler yaratmak, yeni bir bakış açısıyla görmek, bir gün öncesinden biraz daha değişmek fırsatları vardır önümüzde. Günün sonunda başladığımızdan değişik değilsek çok dikkatli olmalıyız. Tekdüzelik sıkıntı yaratır ve sıkıldığımızda sıkıcı olacağımız kuşkusuzdur. Bu dinamik evrenimizde bu ne büyük bir israftır.

♥

Sevgi vermekle büyür. Elimizde kalan sevgi ancak verdiğimiz sevgidir. Sevgiyi elde tutmanın tek yolu onu vermektir.
ELBERT HUBBARD

HASSAS DUYGU DENGESİ

HEPİMİZ duygusal varlıklarız. En önemsiz deneyimler konusunda bile duygularımız vardır. Ancak neler hissettiğimizden emin olmasak bile, duygularımızın eylemlerimizi yönetme gücü vardır. Bunlar bir rehber ve karşılık vermek için bir dürtü olarak rol alırlar. Duygularımız üzerinde hakimiyetimiz bir dereceye kadardır -onları ifade edebilir ya da bastırabiliriz. Bunu nasıl yaptığımız bize ruhsal sağlığımız hakkında çok şey söyler.

Nasıl ifade edilirse edilsin, duygularımızla genellikle yaşayabiliriz, ancak bunun sonuçlarına da katlanmalıyız. Bir durumu olumlu bir parıltıyla ya da arkamızda bir yıkım bırakarak terk edebiliriz. Hassas ve diplomatik olur ve duygularımızı denetim altında tutabilir, ya da her şey serbest felsefesine uygun olarak onları başıboş bırakabiliriz.

Zeka ve duyarlılık en iyi rehberlerimizdir. Duygular yaşam için gereklidir ve bunların uygun ifadesi yaşamı sürdürmenin dengesidir.

♥

Duygu insana mantığı öğretmiştir.
MARQUIS DE VAUVENARGUES

Yarattığımız yaşam ve sevgi, yaşadığımız yaşam ve sevgidir

SEVMEK İÇİN KABUL ETMEK GEREKMEZ

KENDİ refahımız için başkalarını memnun etmek gerekliyse de, bu asla birincil amacımız olmamalıdır. Bir kimsenin herkesi her zaman memnun etmesi olanaksızdır. Yine de, bunu yapmaya çalışmak, kendi değerimizi kaç kişinin bizi onayladığıyla ölçmemize başladığımız bir saplantıya dönüşebilir.

Kendi benzersizliğimize yeteri kadar saygı duyduğumuz takdirde reddedilme korkusu olmadan kendimizi ortaya atabiliriz. Benzersizliğimizin bir parçası da fikir çeşitliliğimiz, dünyaya kendi bakış açımızdır. Eğer bunu kabul etmeyenlere rastlarsak herşeyi kaybetmiş değilizdir. Olgun yetişkinlerin her konuda fikir ayrılığında olmalarına karşın birbirlerini sevmeleri olasıdır. Fikir ayrılığı bir ilişkiyi gerçekten güçlendirebilir. En sonunda, kendi ayaklarımızın üstünde durduğumuzda saygı kazanırız -başkalarından da, kendimizden de.

♥

Önyargılar eğer yeni bilgiyle karşılaştıkları zaman değişmiyorlarsa tarafgirliğe dönüşür.
GEORGE BANCROFT

SUÇLULUĞUN YÜKÜ

AŞIRI yük taşıyorsanız size basit bir önerim var: Bir kağıt parçasına, 'Kendimi bağışlıyorum,' diye yazın. Sonra bunu arka arkaya okuyun. Mesajı alana kadar da okumayı bırakmayın. Sonra kağıdı yakın, yok edin.

Geçmiş yanlışlarımız için kendimizi suçlayarak çok zaman ve enerji harcarız. Bazılarımızın bu büyük suçluluk yükü altında hâlâ ayakta durabilmeleri gerçekten bir mucizedir.

'Yeter!' deme zamanı gelmiştir artık. İhtiyacımız olan şey bağışlanmaysa o zaman bunu istemeliyiz ve gerekirse bilgisizliğimizi itiraf etmeliyiz. Sadece insan olduğumuz için, pek çok bakımdan kusurlu olduğumuz için anlayış istemeye hakkımız vardır. Suçluluk tarafından yönetilmemeyi öğrenirken bize bunu yükleyenleri bağışlamayı da öğrenmeliyiz.

♥

Bağışlama olmadığı takdirde yaşamı yöneten şey
sonsuz bir kırgınlık ve misilleme kısır döngüsüdür.
ROBERT ASSAGIOLI

HAYALLERİMİZİN DEĞERİ

HAYALLERİNİZE sıkı sıkı sarılın, çünkü onlar gerçeklerin hammaddesidir. Daha iyi ve daha anlamlı bir yaşam olasılığını ancak hayallerimizin aracılığıyla elde ederiz. Gerçek sınırlarını bize zorladığı zamanlar bile hayallerimiz bize bir fırsatlar resmigeçidi sunarlar.

Olduğu gibi kabul ettiğimiz takdirde yaşam epey tekdüze, hatta boğucu derecede sıkıcı oluverir. Ama onu hayallerimizle genişlettiğimiz takdirde, canlanırız, umutlanırız ve çabalara girişebiliriz.

Benim milyonlarca hayalim olmuştur. Bir öğretmen olmayı hayal ederdim ve bu da çok pahalı uzun bir eğitimden geçmek demekti. Çok yoksul olmamıza karşın ne annem ne de babam, benim ne cesaretimi kırdılar ne de boş umutlarımı özendirdiler. Onların benim için hayalleri daha gerçekçiyse de, ben kendiminkileri izlemeye kararlıydım.

Egzotik ülkelerde serüvenleri, dağlara tırmanmayı, denizlerle boğuşmayı, nehirleri kanoyla aşmayı hayal ederdim. Bu tür bir yaşamın sadece özel bir avuç insan için olduğunun söylenmesine karşın bunun benim için olanaksız olduğunu asla kabul etmezdim. Çevremdeki kuşkuculara mutlulukla bildiririm ki, hayal ettiğim her şeyi gerçekleştirdim.

Ve her gün yeni hayaller yaratmaya devam ediyorum.

♥

Bizim hayallerimizden daha büyük olmadığımız yazılmıştır.
Hayaller karakterlerimizin denektaşıdır.
HENRY DAVID THOREAU

SAĞLIKLI BİR KENDİNİ SEVME

ELİMİZDE olmayanı veremeyiz. Bir başkasını sevebilmek için önce kendimizi sevmeliyiz. Buna karşın kendini sevmenin egoistçe, çocukça ve yıkıcı bir düşünce olduğu söylenir. Buna Altmışlı yıllarda tutkulu bir ifade verilmiştir ve o günden beri de sağlam bir kavram olarak kuşkuyla karşılanmaktadır.

Basit mantık bize sadece bizde olanı verebileceğimizi söyler; böylece elimizde ne kadar çok şey varsa verme kapasitemiz de o kadar artar. Birini gerçekten seviyorsak, onlara sunabileceğimizin en iyisini vermek istememiz de doğaldır. Bu onlar için de iyidir, bizim için de. Kendimizi ve ihtiyaçlarımızı ve mutluluk için neye ihtiyacımız olduğunu anlayıp kabul ederek başkalarının ihtiyaçlarını anlar ve kabul ederiz. Sevginin o hassas ününü kazanması, ona ve kendilerine güvenemeyen amatörlerin elinde bu kadar uzun zaman bırakılması yüzündendir.

♥

Her eski bilgelik ve din aynı şeyi söyler -sadece kendiniz için yaşamayın, başkaları için yaşayın. Kendi egonuz içinde sıkışıp kalmayın, çünkü o kısa zamanda bir hapisane olacaktır.
BARBARA WARD

GÖZYAŞI

YAŞAMLARINI sadece kendileriyle meşgul olarak geçirenler asla ağlamamışlardır. Gözyaşı mermahetli bir düşüncelilik biçimidir. Gözyaşı, çok kısa da olsa, başka biriyle olmak için dikkatimizi kendi üzerimizden çevirdiğimizin gözle görünen bir işareti olabilir. Ağladığımız her zaman gözlerimiz daha parlaklaşır, daha iyi görürüz. Başkalarıyla ve insanlığın durumuyla daha özdeşleşir, onlara karşı daha yakın oluruz.

Kültürümüz erkeklerin ağlaması üzerindeki yazılı olmayan tabuyu daha yakınlarda hafifletmiştir. Erkeklerin geleneksel olarak dünyaya granit yüzlerle bakmaları beklenirdi. Onların 'gerçek erkekler' olarak tanımlarının bir parçasıydı bu. Örneğin John Wayne ve Gary Cooper'in beyaz perdede ağlamalarına izin verilmezdi. Bu gibi insanların ancak yaşlanmalarıyla açıklanabileceği sonraki yıllarda zayıflık ve duygusallıklarını göstermek için filmlerde ağlamalarına izin çıkmıştır.

Sağlıklı bir ağlama bir olgunluk işareti olabilir. Ağlamanın zayıflık belirtisi olduğuna hâlâ inanmak büyük bir yanılgıdır. Gerçek zayıflık kendimizi gözyaşlarıyla ifade edilecek duyguları göstermemeye çalışmaktır.

♥

Elde edilebilecek en büyük mutluluk mutluluğa
mutlaka ihtiyacı olmadığını bilmektir.
WILLIAM SAROYAN

BİR SEVENLER BİRLİĞİ

SEVGİYE katkıda bulunduğumuz zaman evreni paradan daha önemli bir şeyle zenginleştiririz. Bir sevgi davranışının, kah yalnız bir kalbin girişini bularak, kah karmaşık bir ruha umut vererek sandığımızdan büyük etkisi ve gücü olabilir. Evrensel sevgi hikayesi seven insanların sıkıntıda olanlara bir iyilik yapmak gibi basit eylemlerinden oluşan satırlarla yazılır.

Gerçekten sevdiğimiz zaman, güçleri nezaketten gelen ve başkalarına bencil olmayan davranışlarda bulunan bir sevenler birliğinin parçası oluruz. Bu özel birlikte etkin olduğumuz zaman sürekli olarak çevremiz genişler ve asla yalnız kalmayız.

♥

Dünyada bir iyi insanın fazla olması cennette bir
meleğin fazla olmasından iyidir.
ÇİN ATASÖZÜ

EN BÜYÜK MÜLKİYET OLARAK SEVGİ

PEK çok kimse mülkiyetin büyük bir farklılık yaratacağına ve sahip oldukları mallarla ölçüleceklerine inanırlar. Evlerimizde, garajlarımızda ya da bürolarımızda deneyimlerimizin göstergeleri olarak mal biriktirmek için büyük enerji harcarız. Sorunlarımızın da mallarımızla birlikte arttığını anlamakta da gecikmeyiz. Yaşamlarımızı düzene sokmak için avukatlara, mali planlamacılara, muhasebecilere ihtiyacımız olur. Kendimizi ve mallarımızı korumak için daha güçlü emniyet önlemleri almak zorunda kalırız. Daha sesli alarmalar, daha büyük polis koruması ve daha dolgun sigorta poliçeleriyle ruh huzuru satın alırız.

Toplumumuzun daha çoğuna sahip olma ve sonra da elimizdekine tapma fikrini desteklediği kuşkusuzdur. Durmadan satın almaya, elimizdekini atıp daha yenisini, daha iyisini ve daha çoğunu almaya özendiriliriz. Sevginin ya da yaşamın gerçek değerini sadece bunları kaybetmekle yüzyüze geldiğimizde hatırlarız. Bu insanlık tarihi kadar eski bir derstir ve bazılarımızın bunu öğrenmesi hâlâ bir yaşamboyu süremektedir.

♥

Mutluluk dışa değil, içe dönüktür; ve bu nedenle neye
sahip olduğumuza değil, ne olduğumuza bağlıdır.
HENRY VAN DYKE

Sıra sevgiyi vermeye gelince fırsatlar sınırsızdır ve bu hepimize ihsan edilmiştir

GEÇMİŞİN ROLÜ

HEPİMİZ geçmiş deneyimlerimizin, tanıştığımız insanların, gerçekleştirdiğimiz ya da gerçekleştiremediğimiz hayallerin ürünüyüz. Sevdiğimiz insanların da kendi geçmişlerinin ürünleri olduğunu hiç unutmamalıyız. Onlar bize, kendilerini o anlarındaki kişi yapan korkularını, önyargılarını, başarı ve sevinçlerini getirirler.

Geçmişimizi inkar etmek olası değildir, ancak onun kölesi de olmamalıyız. Canımızın istediğini yapmak kendi elimizdedir. Bunun bizim üzerimizdeki gücü sadece yarın için bir derece bilinebilirlik vermesindedir. Geçmişte yaşamak, günümüzde yaşamanın acıklı bir alternatifidir.

Kurduğumuz her ilişki günümüzü zenginleştirme ve geleceğimizi genişletme potansiyeline sahiptir. İki ya da daha fazla dünyayı birleştirerek hiç olmamış ve bir daha hiç olmayacak bir fikirler, deneyimler ve olanaklar birleşimini bir araya getirmiş oluruz. Bu sevginin en büyük sevinç kaynaklarından biridir.

♥

Olabilecekler üstünde sınırsız gücümüz vardır.
ANONİM

SİZ KENDİNİZİ DEĞERLİ BULANA KADAR KİMSE SİZİ DEĞERLİ BULMAYACAKTIR

ÇOK kötü kullanım görmesine karşın özsaygı, sevgi ve mutluluğun temelidir. Kendimizi sevilmeye değer bulmazsak büyük bir olasılıkla sevilmeyiz. Kendimiz hakkında verdiğimiz yargılar her kararımızda, her davranışımızda kendini gösterir. Kendimizi fazla sevmiyorsak sonunda birinin paspası olabiliriz.

Özsaygı özdeğerin arkadaşıdır. Dünyayı bizden daha akıllı, daha yakışıklı, daha ilginç ve arzulanan insanlarla dolu olarak görebiliriz; ya da bizim de onlar kadar değerli ama sadece farklı olduğumuza karar verebiliriz. Sürekli kıyaslama yapacak yerde kendimize özgü gücümüz üzerinde durabilir ve enerjimizi uyuyan becerilerimiz ve yeni yetenekler için harcayabiliriz.

Ne olmak istediğimiz hayalleriyle heyecanlanmak iyidir, ancak kim olduğumuz gerçekçi görüşü içinde kalmak daha akıllıca olacaktır. Kim olduğumuzu kabul edip, zayıflıklarımız yerine güçlülüklerimize bakarsak özsaygımız konusunda harikalar yaratabiliriz. Ruhen ve bedenen kendimizi kabul ettiğimiz zaman, kendimizi küçültmekten vaz geçer ve kendi kusursuz kişiliğimize kavuşmak için gelişme üzerinde yoğunlaşabiliriz. İşte o noktada sevgiye değer olmanın ne demek olduğunu anlamaya başlarız.

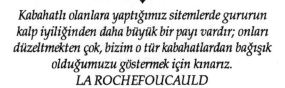

Kabahatli olanlara yaptığımız sitemlerde gururun
kalp iyiliğinden daha büyük bir payı vardır; onları
düzeltmekten çok, bizim o tür kabahatlardan bağışık
olduğumuzu göstermek için kınarız.
LA ROCHEFOUCAULD

KENDİ CENNETİNİ YARATMAK

YAŞAMDAN ve sevgiden beklediğimiz nedir? Pek azımız yeni bir kıta keşfedeceğiz, Jüpiter'e bir roket götüreceğiz, tarihi değiştireceğiz ya da efsanevi aşıklar olacağız. Yaşamımız ve ölümümüz, bizler ve sevdiklerimiz dışında hiç de önemli olmayacaktır. Günlerimiz büyük bir olasılıkla yeyip içerek, uyuyarak, çalışarak, çamaşır yıkayarak, çiçek yetiştirerek, hasta olup iyileşerek, yeni dostlar edinip eskilerine veda ederek, sabahları giyinip geceleri soyunarak, dişlerimizi fırçalayıp saçlarımızı tarayarak, para biriktirip harcayarak, ağlayıp gülerek, kızarak, mutluluk ve güzellik anları bularak, büyüyerek, şişmanlayarak, yaşlanarak geçecektir.

Eğer bir şiirsellik, romantizm ya da anlam varsa, bu onu bizim kattığımız için olacaktır. Yarattığımız yaşam ve saygı yaşadığımız yaşam ve sevgidir.

♥

Çalışmak için zaman vardır. Ve sevmek
için zaman vardır. Başka şey için zaman yoktur.
COCO CHANEL

YAKINLIĞIN BULANIK SINIRLARI

HEPİMİZİN yakınlığa ihtiyacı vardır. Çeşitli insanları çeşitli derecelerde ve sayısız biçimde sevebiliriz ama her zaman bir tek özel ilişkiye ihtiyacımız olacaktır. Kendimize özgü bir birlik hissedeceğimiz, bize güvenlik ve huzur temel duygusunu ve onu başkalarından ayıran derin sevgiyi verecek birine ihtiyaç duyacağız. Genellikle kendi başına ayrıcalık yaratacak bir cinsel boyut da vardır. Bu fiziki ve duygusal bağ bize güç verir.

Sevgi derin bir yakınlıkla birleşince bizi insan deneyiminin en üst düzeyine çıkartır. Bu yüce düzeyde egolarımızı bırakır, yaşam deneylerinin içinde özgün bir yeri olan mutluluk ve sevinci tanırız. Bizim olabilecek aşırı sevinci görebiliriz. Sınırlar bulanıklaşır, kısıtlamalar kalkar ve birlikte sevinç duyarız. Hem tek hem de aynı zamanda iki kişi oluruz.

♥

Yaşamda bir tek mutluluk vardır: sevmek ve sevilmek.
GEORGE SAND

SEVMENİN DEĞERİ

PEK çoğumuz sevgi ve yaşamı olduğu gibi kabul ederiz ve her ikisi üzerinde çok az kontrolumuz olduğu gerçeğinden yakınırız. Varlığımızın olağanüstülüğünü düşünecek çok az zaman ayırır, onun mucizelerini takdir etmeye pek uğraşmayız bile. Dünyanın sanki sınırı yokmuş gibi davranır ve pek seyrek olarak onu genişletme sorumluluğumuzu düşünürüz. Oysa dünya çok verip çok az isten cömert bir yerdir. Yeryüzündeki her insan benzersiz bir yaratıktır ve bunu anlayıp bundan yararlanmak bizim elimizdedir. Bence, öldüğümüz zaman bizden sorulacak en büyük hesap varlığımızı nasıl değerlendirdiğimiz olacaktır.

♥

Yaratılış, görülse de görülmese de,günümüzün
bu sıkıcı dünyasında her an çevremizdedir.
LOREN EİSLEY

KENDİMİZDEN KAÇMAK

BAZILARIMIZ oturduğumuz yerden ayrıldığımız, çevremizi yeni insanlarla sardığımız, işimizi değiştirdiğimiz ya da tatile çıktığımız zaman bütün sıkıntılarımızdan kurtulacağımıza inanırız. Nereye gidersek gidelim, kendimizi de oraya götürdüğümüzü unuturuz. Kimliğimizden kaçmak diye bir şey olamaz. Chicago'da sıkılıyorsak, Spokane'de de sıkılacağız. San Francisco'da kendimizi yalnız ve yabancı hissediyorsak, Atlanta, Kahire ya da Miami'de de aynı şeyi hissedeceğiz.

Çevremizi değiştirdiğimiz zaman bu herşeyi bir süre için daha iyi gösterecektir. Ancak zamanla aynı davranışlarla, aynı duygularla yüzyüze geliriz. Yeni sevgili aradığımız zaman da bu böyledir. Kötü bir seçim yaptığımıza karar verir, müziği durdurup eşimizi değiştiririz. İşte! Bir süre için mutluyuzdur. Ancak her yeni ilişkiye kendi sorunlarımızı, korku ve sınırlarımızı getiririz. Kısa bir süre da kendimizi başladığımız yerde, kaygılı ve mutsuz olarak buluruz ve yeni arayışlara gireriz.

Günümüzde bir ilişkiyi sona erdirmek o kadar kolaydır ki, bunun için bir çaba göstermeye bile gerek yoktur. Yola devam edip şansımızı bir daha denemek daha kolay görünür. Gerçekten hepimizin söylediği gibi sonsuz aşkı arıyorsak bunu elde etmenin bir yolu vardır. Değişiklikler dışarda değil içerde yapılmalıdır. Bunu başka yolu yoktur.

♥

Seçeneğimiz vardır ama bu ıstırapsız değildir.
JOSEPHINE HART

SEVGİ BİLMECESİ

KENDİNİZE sorular sormak ve bunlara dürüst yanıtlar vermek kendini tanımanın iyi bir yoludur. Bu düşünceye uygun olarak hepimize günün sonunda kendi kendimize soracağımız bazı sorular hazırladım:

* Bugün yanına gittiğim için biraz daha mutlu olmuş biri var mı?

* Sevecenliğimin somut bir kanıtını, sevgimin bir belirtisini bıraktım mı?

* Tanıdığım birini daha olumlu bir ışık altında düşünmeye çalıştım mı?

* Birinin neşelenmesine, gülmesine ya da hiç olmazsa gülümsemesine yardım ettim mi?

* İlişkilerimi zedeleyen pasın bir kısmını temizlemeye çalıştım mı?

* Elimde olmayan şeyler için yakınmayıp olanlara memnun olduğum bir gün geçirdim mi?

* Başkalarını kusursuz olmadıkları için bağışladım mı?

* Kendimi bağışladım mı?

* Yaşam hakkında, yaşamak ve sevmek hakkında yeni bir şey öğrendim mi?

Yanıtlarınız sizi tatmin etmediyse üzülmeyin. Yarın yeni baştan başlayabilirsiniz. Bunu yaparsanız bu hiç başarısızlığa uğramayacağınız bir bilmecedir.

♥

.... Mutluluğuma hakkım varsa, bunu sadece kendim için değil, başkalarına dağıtmak için de kazanmalıyım.
RALPH BARTON PERRY

AŞK YAŞLANIR MI?

BİR yaşlılar grubu önünde konuşma ayrıcalığını edindiğimde onların anılarını, felsefelerini paylaşmak için içimde doyurulmaz bir istek vardır. Ülkemizdeki yaşlıların deneyimleri ve düşüncelerinin çoğunlukla eski iyi günlerin anılarına ayrılmış olması çok üzücüdür. Bu kadar değerli deneyim yıllarından elde edilen onca bilgelik, bizim insanların yaşlandıkça değerlerinin azaldığı katı tutumumuz yüzünden kaybolup gitmektedir.

Yaşlılar arasında aşk konusunun önde geldiği benim için hiç de şaşırtıcı değildir. Bu her zaman ortak ve canlı deneyimleri hatıra getiren bir konudur. Aşk herbirimizin yaşamında beşikten mezara kadar tek ortak bağ olduğu için bunun böyle olması da doğaldır.

81 yaşındaki akıllı ve sevimli bir kadının bir seminerde benimle paylaştığı şeyi asla unutamam. Yaşamının bu geç döneminde kendisine ihtiyaçlarının ne olduğu sorulduğunda şu basit yanıtı vermişti: "Yaşamım boyunca ihtiyacım olan tek şey seveceğim ve beni sevecek biri olmasıydı. Hiçbir şey değişmedi."

♥

*Tanrı insanların geçmişlerine bağlı olmak
ihtiyacını anladığı için bize anılarımızı verdi.*
MIKE RUHLAND

Yasaklayan herhangi bir
davranış sevgi değildir.
Sevgi özgürleştirdiği zaman
sevgi olur.

SEVGİ MUCİZESİ

KİMİ zaman hatırlanmakta güçlük çekilse de, hepimizin çok uzak geçmişte çocuk olduğumuz bir gerçektir. Pek çok çocuk için inanç katıksızdır. Neşe doğal bir durumdur. Çocuklar pek az kaygılanırlar. Çok gülerler ve çok oynarlar. Mucizelerin sıradan şeyler olduğu harika beklentilerle dolu bir dünyada yaşarlar.

Aslında şimdi yetişkin olduğumuz bu sırada davranışlarımız ve olayları görmeyi seçimimiz dışında değişmiş hiçbir şey yoktur. O harikuladelik, o tılsım, o esrar, o eğlence kaynakları, bakıyor olsak, hâlâ oradadırlar.

Mucize her yerde olabilir. Biri sevdiğinde, yılların düşmanlığı ve kırgınlığı bir merhamet davranışıyla yokolduğunda, kayıtsızlık yardıma uzanan bir elle silindiğinde, bir insan yaşamı basit bir sevgi hareketiyle değiştiğinde - bunlar gerçekten mucizelerdir.

Kötümserlik ve kuşkuculuğun değer gördüğü bir dünyada 'her şey mümkündür'de öylesine tazelendirici ve umut verici bir ses vardır ki.

Bir daha mucizeye ihtiyacınız olduğunda, sakın olmasını beklemeyin. Onu yaratacak gücünüz vardır.

♥

Varlık bilmecesi üstünde düşünmek, ve bu düşüncesinin ürünü olarak bu dünyada yeni bir yaşam yaratmak insanın kaderidir.
CHARLES F. KETTERİNG

SEVGİNİN SONSUZA KADAR ZAMANI YOKTUR

YILLARDIR yazdıklarımı okumuş olanlar bunu bilinen bir konu olarak tanıyacaklardır. Bu konu üzerinde bu kadar çok uğraşmamın bir nedeni vardır. Çoğumuz yaşamanın küçük ayrıntılarına o kadar dalarız ki, arada yaşamayı unuturuz. Bir şey yapma, biryerlere gitme, mutluluk verme, 'zamanı geldiğinde' diyarına atıverdiğimiz şeyleri yapma zamanı bugündür.

Her günü sanki sonuncu günümüzmüş gibi düşünmemize gerek yoktur. Bu işleri ertelemek kadar verimsiz bir durum olur. Ama aynı şeklide yarının hep olacağı düşüncesinin de bizi tembelliğe itmesine şiddetle karşı koymalıyız.

♥

İyi yaşanan bugün dünleri bir mutluluk düşü,
yarınları bir umut hayali yapar.
SALUTATİON OF THE DAWN

Ne diyorsunuz?
bir son söz...

NE DİYORSUNUZ?

BİR zamanlar Denver'deyken acele olarak postaneye gitmem gerekiyordu. Bana tarif edilen yollar beni postaneden başka her yere götürmüştü. Kent merkezinin yarısını turladıktan sonra bir otel kapıcısına yaklaştım. Adam beni tanımıştı. "Denver'de ne işiniz var?" diye sordu.

"Bir konferans veriyorum," dedim.

"Öyle mi!" diye heyecanlandı adam. "Neden söz edeceksiniz?"

"Sevginin Yolunu Bulma."

"Çok komik!" diye güldü. "O insanlara sevgiyi nasıl bulacaklarını söyliyeceksiniz ve siz daha postanenin yolunu bulamıyorsunuz."

Bu kitabın giriş bölümünde de belirttiğim gibi ben hiçbir şeyin uzmanı değilim. Ne sevginin ne de yabancı bir kentte postanenin yolunu bulmanın. Bu kitap asla bir 'nasıl yapmalı'rehberi olarak düşünülmemiştir. Ben sadece düşüncelerimizi sevgi üzerinde toplamaya ve onu daha rahat inceleyeceğimiz bir alan yaratmaya çalıştım.

Sadece sevme eyleminde kendimizin dışına çıkarak, bir anlık bile olsa, kendi gerçek benliğimize bakabildiğimizden sevgi heyecan verici bir konudur. Bundan korkmamalıyız. Eskimiş, yararsız, yıkıcı alışkanlıklara, inançlara ve davranışlara dönme insani eğilimine kurban gitmediğimiz takdirde bu durumdan sadece yararlanabiliriz.

Sevgi, insan olarak başarabildiğimiz en zengin deneyimi sunmaktadır. Harekete geçmek için bizim sadece bir karar vermemiz gerekir. Bunu yapın ve sevgi dünyası sizin olsun!

Bizler gerçekten sevgi için doğmuşuzdur.